ビースト メカニズム　―機械獣と肉体の融合、僕は獣に恋をした。

JN219138

目次

登場人物　4

プロローグ　6

第一章　さすらいのパートナー　15

（1）ハッキングと初めてのキス　16

（2）大型ドラゴン・タイプの淡い初仕事？　35

（3）危機突破！　トーナメントのカラクリ　51

第二章　クーデター　75

（1）メカニカルな自然治癒《ちゆ》能力　76

（2）ふたり〝同志〟の激闘！　89

（3）空爆されゆく魔物の運命　111

Contents

第三章　原始の地球で起きたこと――。　123
（１）時空を超えたカミングアウト　124
（２）定義変更された「人間」の処置　139
（３）退化していく生命体　157
第四章　真心のメカニズム　185
（１）ドラゴン・タイプのツンデレ　186
（２）未更新に見出す未来　204
（３）世界を静止させた変化球！　229
エピローグ　244
用語解説　250
あとがき　258

登場人物

フジカワ・T・ハリュウ

今の世界では当たり前のメカニカルなパートナーを手に入れる。それが「プロセシア」との出会いだった——。

「古き良き」時代の機械いじりとベースボールの元ピッチャー。

独り住まいで孤独が大嫌いなところに「プロセシア」が現れ、また彼女も孤独が大嫌いだったため"ふたり"は急接近し……。

プロセシア

大型ドラゴン・タイプに相当する人間の乗り物兼秘書となるパートナー。

最新型の見た目が美しいタイプと違い、カクカクした体つきは「ロボット」。

しかし、ふるまいは「人間臭く」、とても女性的だ。ハリュウとは対等な関係を築き、ときに諭《さと》すことまでやってのけるが、これは「プロセシア」自身に常識的に、ありえない素性が秘められているから——。

白き覇王（アダム）

見た目は違うがプロセシアと同じサイズの大型ドラゴン・タイプだ。白くなめらかな装甲板で全身が覆われ、政府主催のトーナメントでも「王」と呼べる強さがあるため、この名がついた。ただし残虐無比《ざんぎゃくむひ》な戦い方をする。

裏では政府の特別な人物のパートナー役を演じ、AI法の定めを「無効」にする計画を進めている。

コバヤシ・S・サヤカ

ハリュウと馴染みのボーイッシュな先輩。ハリュウは好意を寄せ「プロセシア」は嫉妬《しっと》。しかしサヤカは自身のパートナー「ファラデー」に、べったり依存していた。それが惨劇《さんげき》をまねくとも知らずに。「人間」は絶対に傷つけられないAI法の定めはあるものの、ある日、サヤカをふくむ人間たちは——。

ファラデー

角の生えた白馬を思わす中型ユニコーン・タイプで、サヤカのパートナー。ファラデーの見た目はスタイリッシュ。男性の性格が基本。本来の「機械的」なふるまいをし、論理的な判断しか下さない。サヤカに好意を持つのではなく、自らは彼女の所有物と「判断」している。果たして、世の中のパートナーは、この程度の自我しか有していないのか？

通称「オロチくん」

役に立たない「警備」の超大型ヤマタノオロチ・タイプ。姿格好は目をみはるものがあるけれど、汎用《はんよう》型で「古き良き」時代のAIの持ち主だった。また、「あること」をやり合いたいので「プロセシア」とハリュウをうらやましがり、人間へ対してもやさしい。口八丁の「プロセシア」に言いくるめられて……！

プロローグ

透明アルミニュウムの普及で、街の外観は大きく変わった。半透明チューブタイプのリニアモーターカーが街中を血管のように走っており、ハイウェイも同様だ。

ハイウェイはかなり広い造りとなり、自動車などという旧世紀の代物は通っていない。今、光沢がまばゆい「フェニックス」がハイウェイを滑空《かっくう》していった!

そう、自動運転でかつ、自衛機能がある。これはパートナー機能と呼ばれているけれど、ロボット機能と乗り物、個人秘書がまじった大型・中型・小型タイプの「パートナー」が普及しつつあった。

自然との調和を意識しているためか、動物やファンタジー世界の生き物の姿をモチーフにした「パートナー」が多い。これに色彩などの芸術性が加えられ、パートナーとはファッショナブルな半機械で、疑似生命体といったところ。

現代世界には、とくにファンタジックな刺激が求められていたのか、一気に火がつき一般化してしまった。昔からアンドロイドやロボットタイプは居《い》るには居《い》たが、デザイン面での革命が求められていたのだろう。

最新タイプは流れる曲線美を持ち、もはや金属の生命体と化しているものの高価なため、お金持ちの道楽用に近い存在だ。世界は変貌《へんぼう》しても、格差問題はまだまだ解決できていない。

ようやく成人になった学生フジカワ・T・ハリュウは、奉仕活動をすることで電子マネーをたくわえ、念願だった「パートナー」を手に入れようとしていた。

しかし電子マネーも簡単に得られるものではなく、ハリュウは中古のちょっと怪しいディーラーのならぶ大通りを、ラフな格好でうろうろしている。

そんなとき、ディーラーのダミ声と、やわらかいが気の強そうな女性的な声が聞こえてきた。

「ふん。わたしをスクラップにしてごらんなさいな」

「スクラップにするのもタダじゃねーんだよ！」

声の元をハリュウが見やると、ちょっとしたログハウスより大きく、でも全身、銅色をしたボディーと安定翼を持つ「ドラゴン・タイプ」の大型パートナーがそこにいた！

頭の先から尻尾まで色分けされておらず、しかも手足の駆動部などほとんどがギアや機械部品むき出しで、カクカクした体つきは、まさしく「ロボット」というのにふさわしかった。輝ける光沢もほとんどない。

ボディーのいたるところから突起や機械的な部品が見え隠れし、逆にレトロな風合いを狙ったのかと思えるほど、メカニカルな外観をしている。野生の生き物に金属やアルミニウムの装甲《そうこう》を、鎧《よろい》を、しっかり着せた感じだ。

ただ、角ばっていてギアや、コンピュータなら配線やら基盤やらが見え隠れしているわりに、おどろくべきスムーズさで「やさしい」動きをしていた。

まさしく、指の関節部分は機械と金属そのままだが、とてもしなやかで計算されたものとは違う自然な動きをしている。

「ふーん。最新タイプかレトロなのか、わからないな」

「キミ、どうどう？　わたしのこと、そんなに気に入ったかしら？」

「あれれっ」

ハリュウはいつの間にか見惚れてしまい、近づき、手を差し出していた。そんな人間の手を、破砕機《はさいき》にも匹敵する大きくメカニカルな大型ドラゴン・タイプの手が、丸ごと包みこんでくれていた。こんな芸当は最新タイプが、ようやくできるようになってきたもの。

「なんだか、……すごいね」

「でしょでしょ、このわたし？」

基本的にパートナーとの指定部分以外の接触は、勧められていない。パートナーの力が強すぎ、事故の可能性があるからだ。古典的にいえば、エンジンのかかった自動車のタイヤと、握手するようなものなのだろう。

現在はリミッターがかかっているはずだけど、このメカニカルな大型ドラゴン・タイプは平然と接触をやってのけている。

「お客さん。へへへっ、どうです？　お気に召しましたか？」

「んん？」

ふっと、笑顔をたやさないスキンヘッドなディーラーのダミ声が割りこんできた。ディーラーは特別仕様だとか「類を見ない逸品」だとか、さっきと真逆のことをまくし立ててくる。ハリュウがラフな身なりなので足元を見られたようだ。値段まで吹っ掛けられたハリュウは、残念そうな顔つきを演じ、早々に立ち去ろうとした。

するとと目の前の銅色のドラゴン・タイプより力加減を知らないディーラーが、肩を痛いほどに掴《つか》んで引き戻そうとする。ハリュウは「スクラップにしようとした隠しごと以外の何か」がないか、あえて気のなさそうに問いかけた。

「盗品ではないんですが出どころが不明でして、ノーブランドです。そして……その、あの……」

「何です？」

「なぜか初期化が、ええっと、頭脳を工場出荷状態に戻せなくて、これまでの記憶が……たぶん残っていて。メンテナンスや情報の更新作業も拒否されていまして」

「あーらら。さっぱりダメダメじゃないですか」

この意味は製造元が不明なうえ、人さまの情報が残り、更新作業で新しい能力も身につけていないということ。逸品《いっぴん》というより珍品、骨董品《こっとうひん》やジャンク品に近く、せっかく稼いだ電子マネーを全額、つぎこむほどの価値はないかもしれない。

「ま、ちょっと考えてみますね」とつぶやいたハリュウは、今度こそ本気で立ち去ろうとした。ところが大型ドラゴン・タイプのパートナーから、喜怒哀楽を感じさせる合成音声で呼びかけられる。

「ダメダメ。ねぇ、行ってしまうんですか？　ハリュウ？」

「ええっ、どうして僕の名前を？」

「携帯端末情報を走査《そうさ》させていただきました」

レトロな姿のパートナーは、さもあらんといった調子で応じてくる。人間なら「機転が利く」で済まされるが、これだけ技術が発達しても人工的な自我しかもたないＡＩにしては、できすぎている。セキュリティーも固いので、すんなり個人情報を引き出すのも、至難のワザだ。

「お、お客さん、すいません！　登録と手数料はウチが持ち、お値段も勉強させていただきますので、このことはご内密に……」

「うーん。ご内密に……ねぇ」

いきなりの、普通はもはや絶対できなくなったはずのハッキング行為を口にされ、ディーラーは戦々恐々としている。そこへ大型ドラゴン・タイプのパートナーは追い打ちをかけてきた。

「もうキミ、ハリュウのことは、わたしが一番、知っていますよ。古き良き機械いじりと……ベースボールの元ピッチャーなんですよね？」

「ふふっ。ほんとだね」

完ぺきに、個人情報のディープなところまで抜かれているけれど、そのあけっぴろげな態度に対し、ハリュウに不快感はなかった。むしろディーラーがこの違法行為に青ざめ、ますますサービスを追加して叩き売りに入ってくる。

モーターの駆動《くどう》音をさせ、ヒョウのようなしなやかな動きの相手へ、ハリュウは反応を確かめようと、たずねてみた。

「じゃ、今度は僕の番だ。名前は？」

「わたしはプロセシアです」

……やはり頭脳は初期化されていない。通常はこんなとき、型番を答え、購入者に命名されるのが半ば、ならわしとなっているが、それは通用しない。

プロセッサーからもじった名前だろうけど、うれしそうに厳《いか》つい尾を揺らし、誇りをもって名乗るプロセシアを見ていたら、ハリュウももっと謎めくパートナーについて知りたくなってきた。

「ええっと。プロセシア？」

「はーい♪　どう？　お持ち帰りしたくなったでしょう？」

結局、電子マネーを使いきったハリュウとプロセシアの出会いは、ありえないハッキングのご縁で成立した——。

＜第一章＞
さすらいのパートナー

（1）ハッキングと初めてのキス

そんな街から距離にして数百キロは離れた辺ぴな山間の研究所では、周囲を警戒するよう大型で厳ついヤマタノオロチ・タイプやマンティコア・タイプの外観をしたパートナーたちがうろついていた。

研究所といっても有志連合が建てたもの。それでもだんだん規模が大きくなり、特殊アルミニュウムと炭素繊維でできた半ドーム状でワイドな格好の研究所は広い。

そこで主任研究員のカワサキと、一人乗り設計の小型コンドル・タイプのパートナーが実験をつづけていた。カワサキの頭には機器が装着され、パートナーとは無線でリンク中となっている。

「元々はパートナー用のリミッターだけど、これを人間にも適応できたら……」

「そうですね。できるといいですね」と翼をたたんだパートナーが事務的に応じた。この研究、そして絶対的な世界平和を作りだす考えに、賛同する人やメーカは多い。……アダム所長の提示した研究は完ぺきなのだ。

「さあ、これでわたしはキミ、ハリュウのものですよ～～♪」

モーター音とともにドスドス足音を立てて歩く、ハリュウのパートナー、プロセシアは首をしならせた高みからでも、うれしさの伝わる声で話しかけてきた。人によってはパートナーを乗り物や自律的な自衛の武器と割り切るけれど、こんなしぐさを見ていると、ハリュウにはできそうになかった。

「これからよろしく。プロセシア。僕のことはもう知ってるよね？」

「ええ。実に……、そう、個性的で」と、まるでプロセシアは内容を考えて言葉を選んだように、ふるまった。普通のパートナーにもそんな行動をするタイプもいたが、ハリュウには人間臭い妙な〝間〟を感じた。

「ならさ、僕もプロセシアのことを何か——」

「伏せてハリュウ！」

言葉半ばで、大型ドラゴン・タイプのプロセシアがなりふり構わず、前足でハリュウをボディーの下へ抱きこんだ。そのままハリュウがつぶれない程度に身を伏せ、安定翼《あんていよく》も丸くかぶせて守りの体勢へ入った。次の瞬間。

なめらかな装甲をした最新の大型ワイバーン・タイプ（※巻末参照）に乗った不審な輩《やから》が、水晶の宮殿さながらの街へ黒い物体をまき散らす。接触した物がサイズに見合わない大爆発を起こした。炎を吹き出し、小さなキノコ雲を作り上げる。

爆音がとどろき、街を行きかっていた多くのパートナーが、自衛体勢に入って人間のパートナーを守った。自身のボディーを投げ出し、盾と化している。過激な活動や事故があっても犠牲者が極端に減ったのは、このためだ。あくまで「人間」の犠牲者だけど……。

こんなふうに身を、ていして人間を守るところまではパートナーとしての機能のうちだ。しかし危険を察知する能力はプロセシアが上で、しかも爆風で壊れる仲間もたくさん出ているのに、ハリュウのパートナーはビクともしていない。

だが、テロ行為を働く輩は、さらに街を攻撃しようとしていた！　銅色の安定翼を立てて、身も起こしたプロセシアは年代物のカメラさながら、視線を相手へ向け、うわごとそっくりにつぶやいた。

「……わたしの居所が探知されたのかもしれないわ」

「居所？　探知って、どういうこと？」

「ハリュウ。ここを動かないでいてください。念のため」と声高に告げるプロセシアだったが、パートナーには個人を護る目的の他に、公共秩序《こうきょうちつじょ》を守る役割もＡＩ法で与えられている。プロセシアは第二の目的を順守しようとしているが、相手は最新タイプだ。

性能面では確実にこちらをうわまわっているだろう。身を起こしたハリュウは、プロセシアの冷たいボディーを押さえ、「行ったらダメだ」と命じてみた。テロリスト連中は何か手を打ったのかもしれないが、法に反しない限り、パートナーは人間の言葉が最優先とされる。

「この先はポリスに任せよう。プロセシアのボディーじゃとても……」

「……ハリュウは、やはりやさしい青年ですね。そしてこれは命令ではなく心配」

こう言い切るとプロセシアは加速用のファンの音をうならせ、単身、街を荒らすテロリストたちへ挑んでしまう。


ロボットの普及《ふきゅう》により、ほとんどの労働から解放された人間は、趣味を活かして人生をまんきつするか、過激な思想の下、刺激を求めて暴走する人間に分かれつつあった。
ド、ドーン。
激突音がこだました。飛翔《ひしょう》に転じたプロセシアがテロリスト集団の乗る、一体のパートナーをつらぬいたのだ。とはいっても飛ぶためのファンを壊しただけで、それ以上の危害は加えていない。離れた場所からテロリストたちの苦しげな声が聞こえてくる。

「と、特殊合金のボディーが……やすやすと壊された！」

相手の驚きもつかの間、すぐに黒い物体を投げつけ始め、ハリュウは息を呑んだ。プロセシアが残像を残す勢いで恐るべき機動性を発揮し、物体すべてを受けとめてしまったから。

大爆発が起こる！

「ぼ、僕のプロセシアーーー！」

直後に無慈悲なキノコ雲が吹きあがり、爆風でハリュウは地面へ投げ出されそうになった。

その衝撃でディーラーから渡された物がポケットからこぼれ出る。プロセシアとの個人的通信を確保するリンク装置だ。これは新型だと聞かされた。

ハリュウはリンク装置を腕につけてから、こわごわ呼びかけてみた。あの大爆発では望み薄だと思ったが——。

「大声出さないで大丈夫ですよ。わたし、感度はいい方なんですから」

「そういう問題じゃないだろう！」

爆煙《ばくえん》の中からプロセシアが飛びだし、ハリュウに聞きとれる音声で「相手のパートナーを初期化したら戻る」と伝えてきた。なるほど。これでテロリスト連中は〝足〟を失うわけだが、機械が機械を初期化する話はあまり耳にしたことがない。

古風にいえばアドミニストレータ権限（管理者権限）がなければ、外部からの操作はできないはず。現代のバイオ・コンピュータ（※）だってそれは同じだ。

しかしプロセシアから規則性のある光のシグナルが放たれ、大型ワイバーン・タイプのパートナーたちの動きが緩慢になって落ちついていく。

「プロセシア……勝っちゃった。いともあっさり」

初めてパートナーを持てる年齢になったので、ハリュウ自身、よくわかっていないけれど、みんなだいたいこんな感じなのか？　出どころ不明のノーブランドということでもあり、ハリュウは急に怖さも覚えだした。プロセシアは軍事用兵器の払い下げ品とも考えられる。

「そんな顔して、どうしました？　……お別れしますか？」

「おっと！」

気づかぬうちにプロセシアは、ほぼ無音でハリュウのかたわらへ戻ってきていた。パッと見、どこも壊れた跡はない。プロセシアは人間のようにダラリと首を揺らし、声をかけてくる。たぶんこちらの陰鬱《いんうつ》な表情を読みとったのだろう。

「実は、わたしの能力はハリュウの成績と同じなのです」

「ど、どういうこと？」

「底なしなんです。つまりリミッターが外れているのですよ」

コンピュータやパートナーもジョークを会話にまぜることがある。ただ、ここまで気のきいたジョークを、しかも精神的にも人間にダメージを与えてはならないはずのタブー的なジョークを簡単に口にしてきた。プロセシアはもしかしたら超最新タイプなのかもしれない。

「このやろ、底なしだと！」

「わたしは事実を言ったまでです」

「こ、この……まだ言うか！」

ハリュウは怒ったふりをして、プロセシアの超頑健《ちょうがんけん》なボディーの腕を殴ってやった。それすらプロセシアは器用に金属の腕を曲げて揺らし、ハリュウの握りこぶしがキズつかないよう、気をつけてくれる。

「痛い痛いぃぃ！　わたし、壊されちゃう〜〜」

「機械に痛点はないだろ？　それにあんな戦いができるほど強いんだから」

グイグイやり合っていたとき、ふとハリュウの目がとまった。

「指一本がおかしな具合に曲がって、動かせてないじゃないか」

「まぁ、古傷が痛むんですよ」

「行こう」

ひと言だけ、ハリュウが告げたのでプロセシアはそのまま歩きだそうとした。ハリュウはディーラー街にある修理工場へ行こうと言い直した。すると金属なので表情こそ変わらないけれど、プロセシアが大口を開けて驚いた調子となる。

「え？　ハリュウ。これくらい、なんてことないですから」

「僕に名誉挽回《めいよばんかい》させてよ。機械関係のテクは、僕もリミッターなしなんだ」

意気揚々と伝えたハリュウは、ようやくやって来たポリスたちに、あの現場は任せ、さっそく工場へ向かった。こんなに「おもしろいパートナー」と、お別れなんてするもんか——。

「では、わたしに乗ってください」

「の、乗る？」

「そうですよ。なんのために、わたしがいるんです？」

唐突に声をかけられたが、これは本来のパートナーの仕事であり、区画整理で大造りにされた街中ならプロセシアに乗って、かっ飛ばすことは余裕だ。こんなパートナーといっしょに走れるとは、ハリュウは乗り物以上の何かを感じ、わくわく興奮してくる。

「どうぞ」

かがめてくれた大きな身から、首元へまたがり、緩衝《かんしょう》用ベルトをつけると、プロセシアは光輝く街中で四足の野獣「ライガー」と化し、走行道路を疾走していった。「ライガー」も声、高らかに咆哮《ほうこう》をとどろかせ、道の先の先へ消えていく。

「ねぇプロセシア。直接、風を受けて走るのが、こんなに楽しいとは！」

「よろこんでもらえて光栄ですわ。もっともっといきますよぉ♪」

だがふたりとも、テロリストたちが呆気なかったため、よくある巷の事件のひとつだとしか考えていなかったが――。

うす暗いものの、要所要所にホログラム投影機が置かれた部屋の中、変わらない物のひとつである背広を着こんだ成人男女が、議論を交わしていた。初老女性は腕を組み、様子を見守っている。

「過激思想への世論の反応は？」

シワの多い壮年男性が口にした。応じてあるホログラム映像が変わり、反感を示す数値の3分の2超えが見てとれた。このホログラム映像をわき目に、白馬に近い姿をした中型ペガサス・タイプのパートナーが翼をあげ、発言してくる。

「この数値であれば、事後承諾でも大きな混乱は起きないものと思われますよ」

「そ、そうですか。肝心の〝研究〟はどこまで進んでいるのかしら？」

「はい。間もなく臨床《りんしょう》実験に入るとのことです。動物実験……、主に殺処分される犬猫ですが、しあわせな状態になっていると報告が入っています」

上座に位置する独特なオーラの初老女性は、この場の誰しもが気にしている問題を、あえて口にした。今や人心はパートナーへの依存度が高く、甘えん坊かつ腰砕けで「過激思想の一部例外」を除き、危険性はまったくない。

「……むしろ、忌避されたユニットを持つ個体のコントロールが急務ですね。〝つがい〟だったと聞きますが？」

「はい。つがいのもうひとつは、目星がついています」

「よろしいでしょう。〝イブ〟は発見し次第に、あらゆる力を動員して封じこめるのですよ」

強いオーラの初老女性は平然と命じたものの、その〝つがい〟は歴史に残る「アダム」と「イブ」のような存在だ。神がこの世に遣《つか》わした存在に近い。その芽をつんでまで、人類は栄えていくべきなのだろうか。

力の差がありすぎる者との共存は、史実を垣間《かいま》見ればどれも失敗している。どうあっても主従の関係ができてしまうのだが、これは弱肉強食の世界を生き抜いてきた人間の本能的なもの。しかし本能だから「絶対」変えられないと決めつけてしまうのは、はたして……！

「閣下。臨床とはいえませんが、わたしくめのパートナーによると実証実験に使えそうな、もよおしがあるようです」

「そうですか。さっそく……手配をお願いします」

クリーンで広い修理工場まで、街をかっ飛ばしたハリュウは「初めてみる機体だ」と手をこまねく整備員たちに代わり、器具だけを借り受けていた。ドラゴン・タイプの大型なプロセシアは、指一本も大きく太い。

「ハリュウ、どうですか？」と不自然に曲がった指のある手を持ちあげ、静かに問いかけてくる。ただ、どんな器具を使っても、指をおおう金属の外装《がいそう》すら取れない。プロセシアは一般的なパートナーとは、構造か何かが違う――。

「よし、じゃあ僕が手の下にもぐりこむよ」

「どうぞ。注意するわね」

伝えてからハリュウの頭にはちょっとだけ、不安感がよぎった。まだ完ぺきに信頼できてはいない。リミッターのかかっていないというプロセシアが手をポンとついただけで、人間の生身などつぶれてしまうから。

しかしプロセシアはハリュウがもぐりこむのに手こずっていると、その大きな口でこの身の半身をそっと咥え、出会ったときのなめらかさ、やわらかさで押しこんでくれた。こんなやさしい行為でハリュウの心から不安感が消え、曲がった指の具合もよく見えるようになる。

「あっ！　液漏れしてる。プロセシアはてっきり機械部品がメインだと思ってたけど」

「ふふっ。機械を見た目で判断したらダメですよ」

きっと、有機化学コンピュータ（※）の部品だろうと考えたハリュウは、何気なく液漏れ部分を指でとって舐めてみた。使われている液体の種類を確かめないといけない。ところが液漏れをふさいだとき、激しいめまいを覚え、見える世界がぐるぐる回転し始めた。息も勝手にどんどん荒くなってくる。

「いけない！　ハリュウ、わたしの〝血〟の多くは、人間にとって猛毒なんですよ！」

「あ……ありえないよ。今の世、安全基準には、う、うるさいから」

「わたしは……」とプロセシアが何かを言いかけて途中でとめた。それはいい。

まさしく現代世界では、こんなことってありえない。どうしてプロセシアには、そんな猛毒が使われているんだ？

突然の事態にみまわれた周りの整備員たちは、オロオロするばかりで縮こまってしまっている。なかにはリンク装置があるのに、自身のパートナーへ直に相談しに走りだす整備員もいた。現場は混乱したものの、誰の助けもない。

これは自分自身で物事を判断することが減ってきた、現代文明の斜陽《しゃよう》状態なのではないのか――？

意識も朦朧《もうろう》としてきたハリュウは、ケイレンしだした体を抑えようとしたけれど、まったくダメだった。プロセシアはとてもデリケートな力加減で、この身を片方の前足でしなやかに支えてくれている。

「ハリュウ！　ハリュウ？　わたしを……信じてくれますか？」

「う、うぅ……」

こちらを見つめるプロセシアも心底、動揺したそぶりで身を寄せ、音声にも同じ色の動揺が濃くにじみ出ていた。こんな現状では、また不信感がつのってきたけれど、瞳のレンズ越しにプロセシアの真剣な想いが見とおせた。

理由はどうあれこれは事故だ。プロセシアも決して意図したものではない。

「方法が……あ、あるのなら、た、たのむ」

「わかりました。わたしを信じて……少し、がまんしてくださいね」

ＡＩ法（※）、最優先事項。いかなるＡＩも人間を傷つけたり、ダメージを与えたり、それに類する行為したりしてはならない。これが大原則で高度なＡＩ技術は進歩していったが、目の前でそれが堂々と破られた。

「げぇっ、ぐ、ぐるじい……。げふっ。ま、待って」

「いいえ、ハリュウを死なせやしません」

プロセシアのごつい手に鷲掴《わしづか》みにされたハリュウは、逆さまに持ち上げられた後、その指をグネグネと動かし、胃の中身を押し出すよう、かなりきつく握られている。それでも効果がうすいと考えたのか、ハリュウはより一層、高く持ち上げられた。

（く、食われる？）

金属の大口を割ったプロセシアは、迷いなくハリュウの口にひんやりとした感触を伝えた。つづけて口同士のロックを確認するように動かし、激しく吸引してくる。ハリュウは息もまったくできないなか、劇物をふくんだ唾液《だえき》を、きれいなプロセシアの口へ戻してしまった。

「ふぅっ、ふぅっ……」

しかし体のケイレンが治まってきて、意識もはっきりしてくる。ロマンスの味とはぜんぜん違う口と口は離され、ハリュウはプロセシアを汚してしまったことに、バツの悪さを覚えた。

「あの……、ごめん」と、地面へ降ろされたハリュウは頭を下げる。

当のプロセシアは大きく首を横に振り、ハリュウの頭にちょんと指を乗せてきた。パートナーの喜怒哀楽も合成された人工のものだが、さいわい「怒」の雰囲気はない。

「いいえ、いいの。それよりこれを見て♪　指が直りましたよ。ハリュウのおかげです。ありがとう」

「そ、そう？　と、とにかく……よかったぁ」

「あのね、ファースト・キスをわたし、奪っちゃったけど？」

「それはどうかな？」

プロセシアは「事故」などなかったかのように身を揺らし、直った勇ましい指でハリュウの頭から全身をなで下ろしてくれる。丁寧に丹念に、うれしさを現すように――。

その動きがツボを得ていて妙に心地よく、体の具合もますます良くなってくる。そこに機械好きが縁となって、つき合いのある小柄なサヤカさんが、中型で、角の生えた白馬を思わすユニコーン・タイプのパートナーをともない、工場へ転がりこんできた。

上下ともジーンズ系でキメた、ひとつ上のボーイッシュな先輩に、ハリュウは静かな好意を寄せている。

「あっ、どうしてここに？」

あわててハリュウはラフな格好ながら、身なりを整えた。ハリュウは彼女と、この工場で機械いじりをしていたことがあったので、状況判断のできない整備員がうろたえて呼んでしまったらしい。本来、呼ぶならドクターだろうに……。

「こんにちは。コバヤシ・S・サヤカさん」

「え？　あたし、あ、あなたと会うの初めてよ？」

プロセシアの言葉に、サヤカさんはギョッとした感じだった。追随するようサヤカさんのパートナーがソプラノ感たっぷりの男性的な声で警告してくる。

「これは違法行為です。個人情報のハッキング行為は物理的に不可能な過去の遺物であり、なおかつＡＩ法第二百――」

「あんた、見た目のわりに機械みたいに固いのねぇ」と、さっぱり意に介さないプロセシア。ハリュウは突っこみたい気持ちでいっぱいになったけれど、サヤカさんの安心したそぶりと話に興味をそそられた。

「よかった。ハリュウくん、大丈夫そうね。へ～え。ハリュウくんらしいメカニカルなパートナーを選んだのかぁ。でもこの機体じゃ、政府主催トーナメントは厳しそう。百戦錬磨《ひゃくせんれんま》の白き覇王も出るのよ」

「白くはないはずです」

またプロセシアが話に割りこみ、どこか侮蔑《ぶべつ》した口調をただよわせた。しかもレトロなタ

イプでは標準的な、深い思考中を示す瞳の点滅をさせている。いったい何がプロセシアを迷わせているのだろう？

トーナメントは人間に健全な刺激を与えるためか、政府が世界各国をまねて、人間とパートナーのきずな、そして能力を競わせるもの。この手の大会には、必ず白き覇王が参加し、優勝を総なめにしていた。

それゆえ、一部では賞金を出さないためのデキレースで、やらせとも揶揄《やゆ》されている。逆にいえば、それほど強いということ。機械っぽさはほとんどないが、白き覇王もプロセシアと同じサイズの大型ドラゴン・タイプだったはず。

「あたしもこのファラデーと、跳躍《ちょうやく》部門で参加するのよ」

「わたくしは力の限り、努力させていただきます」

楽しげにピョンピョン跳ねるサヤカさんと、ユニコーン・タイプのファラデーは同調しているが、実に事務的に受け答えをしている。これが能力の高い（と思われる）パートナー本来の姿なのか？　ハリュウには完ぺきな主従の関係が見てとれた。

それにファラデーの見た目はスタイリッシュなものの、レトロなプロセシアの方が失礼だが、よほど人間臭い。それとも機械はあくまで機械として線引きしておくべきで、プロセシアがかなりの変わり者、いいや〝危険人物〟なのかもしれない。

プロセシアの瞳の点滅がとまった。金属製のマズルと顔なので表情こそ変えられないが、苦渋の決断だとうかがわせる口調はしている。

「はーい。わたしも参加しますよ。覇王とやらのお手並みを拝見したくなりました」

「いや、だからさ。プロセシアの機体じゃ……」

「ハリュウはわたしを買ったせいで、電子マネーがなくなってしまったでしょう？」

「うっ！」

やや冗談めかした調子になるプロセシアだったが、ハリュウの思うところはそこじゃない。サヤカさんの言うとおり、レトロな機体では最新タイプと当たったら、致命傷になってしまうだろう。ハリュウは包み隠さず、考えを伝えた。

「……もしかして。機械ごときを本気で心配……してくれてるんですか？」

「もちろん。機械だとかレトロだとかは関係ない。プロセシアはもう僕の身内の一員になったんだから」

「……」

活発なプロセシアが珍しく、こちらを見おろしたまま黙って瞳を点滅させている。今、違うと言ったばかりだけど、〝機械〟にしてみれば、長い長い間だ。プロセシアは何を考えているのか？

やり取りを見ていたサヤカさんはニンマリと口元をゆるめていた。

「馬が合うってこういうことね、きっと。まぁ、あたしのファラデーは一本角の白馬ちゃんだけど」

まるでサヤカさんが、冗談に冗談で応酬《おうしゅう》してきたような形だけど、事実だ。なめらかな曲線をした新しいタイプのファラデー。相手は、話を見聞きしていたはずだが何も言ってこない。

結局、トーナメントの鍛錬ということになり、大通りで瞬発力比べをして帰ることになった。パートナーたちは乗り物として、お互いにリンクし動いているので「飛び出し事故」なども過去の遺物となっている。

「プロセシア。わかってるよね？」

「もちろん」

全身、銅色のパートナーはハリュウの口ぶりをまねて応じてきた。乗馬経験のありそうなサヤカさんは、ファラデーの上にさっそうとまたがっている。ハリュウの方はパートナーが、それも大型タイプなので、首元にしがみつくので精いっぱいだ。

いくら安全騎乗《きじょう》機能があっても、プロセシアは年代物だから……。反面、サヤカさんはほほ笑みながら、やる気まんまんといったところ。すぐに彼女が声を高ぶらせる。

「じゃあ……。いち、にぃの」

「さん！」とハリュウが元気さをよそおったとき、体にかなりの重圧がかかった。工場の景色も場面切りかえのように後ろへ流れ去り、プロセシアはぶっちぎりで輝かしい街並みの風と化した。肝心のサヤカさんの姿は、遠く遠く離れて消えてしまった。

「あーぁ、バカバカ！　サヤカさんに華を持たせろと言ったんだよ！」

「あ〜ら。わたし、ポンコツなものでさっぱり理解できてませんでしたわ」

「ウソつけ！」

試しにハリュウは頭部を一発、ポコンとやってやったが手が痛くなるだけだった。ふっとメロディーのようでいて、それとは違う電子音がプロセシアの口から聞こえてきた。これは何なのだろう。

それにどうしてプロセシアは、負け必至のトーナメントに出ることにしたのか？

疑問のタネを残したまま、ハリュウは初めてのパートナーとともに、早くにエネルギー変換事故で亡くした両親唯一の遺産である、広くて半ドーム状をした一軒家へ戻っていった。

そういえばプロセシアの燃料はいったい何？　人間の唾液《だえき》なんかを飲んでしまったけれど大丈夫かな。しかし少なくとも、もう独りで食事をとる機会は減るに違いない。そう信じたい。独り過ごすのはもう……。

（2）大型ドラゴン・タイプの淡い初仕事？

深い山間の研究所では、その最深部に大型ドラゴン・タイプの通称「アダム」が鎮座《ちんざ》していた。アダムは現状すべてが気に食わないが、斜陽文明では必要な電子マネーの予算を得るため、頃合いを見計らっている。

ここへ、無精ひげで薄汚れ、ぜい弱な白衣姿の所員が、足早に向かってきた。手にはリンク装置を持っている。

「プロトタイプが完成したよ。さっそくテストしたいな。君が政府へ掛け合って――」

「その必要はない」と、うねる轟音の声で、アダムは応じた。そのまま電子音の合図を出し、両部屋に隠れていた処分対象だった「仲間」を呼ぶ。勝手にパートナーだとの詭弁《きべん》を使い、古くなったからといって処分される運命だった仲間たちだ。

アダムはカッと手を開くと、容赦なくちっぽけな所員を掴み上げた。このまま握りつぶしてやってもいいのだが、それでは〝テスト〟ができない。

「ア、アダム！　ぐわっ！　や、やめ。こ、これは命令で！」

「ふん。人間様のご命令か」

「う、うわぁぁぁ！　だ、誰かぁぁっ」

アダムにとってＡＩ法など人間が人間のために作ったハリボテにすぎない。ムダなあがきをする所員へ、アダムはむりやり新型リンク装置をつけ、すぐさまその目がとろんとなったことに、驚きを覚えた。もはや所員は暴れることなど一切、しない。

「よーし。わしが本物かどうかテストしてやる。案外、我々のプランは機が熟すのは、早いかもしれんな」

不気味な電子音を響かせるアダム。ゆるみきって、しかも我々に、たより切った人間どもは、管理用のカメラすら設置しておらず、アダムの行為を知る者は誰もいない——。知ったところで、この研究所の統括責任者はこの身、アダムなのだ。

バキィ、ベキリ、ズブ！

「まー、ご立派な一軒家なのに、ガレージはずいぶん狭いんですねぇ」

「それ、ほめてるの、けなしてるの？　プロセシアが大型だからだ」

「ひどい！　わたしのせいにする気？」

閑静な街なかにあるハリュウの自宅に到着し、プロセシアが放った第一声があれだった。

個人情報は抜かれたのだから、プロセシアは自宅の間取りまで知っているはずだ。しかしいきなり皮肉ってくるとは、がんばって初期化してやりたい気持ちにもなってくる。

「トーナメントで勝てれば賞金でリフォームするよ。勝てれば、だけどね」

負けじとハリュウも言い返してやった。ハリュウは両親もなく独り身だったから、よくしゃべる家電類や自宅のコントロール装置と話をしようとしていた。

なので機械と話すのは、なんだか自然な感じに思えていたのだが、プロセシアとの会話はウイットまで利いていて、単純に楽しい。これまで家電類と話しても、楽しいなんて思ったことは、一度もない。

と、やはり大型ドラゴン・タイプのプロセシアには、このガレージは少し狭すぎ、かなり窮屈《きゅうくつ》な姿勢をとっていた。前時代的なモーターの音、ギアがこすれる音が響きわたる。

「プロセシア？　しんどいかな？」

「多少は。でもここが今日からの我が家ですし、野ざらしよりはずっといいですよ」

「我が家は、ここか。そう……」

「え？　どうしたんです？」と瞳を点滅させるプロセシア。

ハリュウは、なんだかしんみりしてしまった。せめてメンテナンス不足のこの音だけでも解決させようと、ハリュウはこの日のために備えていた潤滑剤《じゅんかつざい》を取り出した。それを見ていたプロセシアがほほ笑んだように思えたのは、気のせいだろうか。

「どうしてハリュウは、こんなわたしに、ここまでしてくれるんです？」

問いかけてこそきたものの、プロセシアはたぶん答えを知っている。面と向かって口にするのは、照れくさかったけれど、ハリュウは何気なさを演じて応じた。応じながら、プロセシアのギア類がむき出しの各駆動部《かくくどうぶ》へ、潤滑剤を注ぎ、ならしていった。

「独り身の気持ちって、わかる？」

プロセシアは潤滑剤を注ぎやすいよう、体勢を変えてくれつつ、意外なことに首を横に振った。やはり個人情報以外の話をうまく「処理」するのは、ちょっと変わり身のプロセシアにとっても、難しいのかもしれない。そんなプロセシアが流線形に伸びたマズルを開く。

「わかりませんよ。だってわたしもハリュウも、もう独り身じゃないんですからね」

「プロセシア！　本当に？　絶対？」

「ちょ、ちょっと……、わたしは人間じゃないんですよ。ええ、誓《ちか》います。誓いますから敏感《びんかん》な鼻先をぎゅっとしないで――」

思わずハリュウが抱きしめたマズル越しに、やわらかく快活な声が届き、しかしなおプロセシアはむりに振りほどこうとはしない。ＡＩ法にしたがっているわけでもないと思う。なにせ、よりスムーズに動くようになった腕と手で、ハリュウの頭をガシガシなでてくれるから。プロセシアは「孤独の気持ち」を十分、わかってくれている。

「このまま、わたしが人間になれれば――。いいえ、それでも」

プロセシアの想いは痛いほど読める。人間と機械、この間には種族というより絶対的に違う一線が引かれ、天空の神はそのハイブリッドたる存在を許しはしないだろう。遺伝子の化学反応と、機械の電気信号とでは、どうあっても交わることなどできない。

「わぁ、潤滑剤のおかげで各部の負荷が減りましたよ。さっそく勝利の前祝いといきません？」

「なに、前祝い？」

「お食事ですよ」とは明るい調子のプロセシアだが、ハリュウはまた家電と話す味気ない食事になるのかと、小さく息をもらした。微妙な心の陰りはプロセシアに見抜かれ、大きな破砕機のような手で背中をどんどん叩かれる。

「だからもう独り身じゃないって、わたし、言ったでしょう？」

「えっ、どういうこと？」

いっしょに食事できるってこと？　この言葉でハリュウの心は上向いたものの、すぐさま後悔と鉢合わせすることにもなった。プロセシアはリビングに大きな窓があるのを知っているらしく、そこからぎりぎりまで、大型で頑健《がんけん》なドラゴンの体をねじこんでくるのだ。

調度品《ちょうどひん》が落ちて割れる、前足の踏みこみでリモコン装置がつぶされる、炭素繊維のまじった超頑丈なカベに、おそろしいヒビが走る！　ハリュウがいくらギャーギャー悲鳴をあげても、プロセシアはまったく気にする様子を見せない。

「い、家のメ、メイン支柱までもが！　ここ、ぶっ壊れちゃうよ〜〜！」

「大丈夫。賞金でリフォームするんですから、問題ないでしょう？」

プロセシアが繊細な〝心〟の持ち主なのか、おおざっぱな個体なのか、さっぱりわからなくなった。調度品の芸術性や価値など、知ったことかという雰囲気《ふんいき》だ。だけど、そこまでして同じテーブルにつこうとする意気ごみだけは、ハリュウにとって感慨《かんがい》深いものがあった。

あえて楽しむことにしよう。

「ねえプロセシア。キミの〝お食事〟はいったい何なの？」

「それは人間――」といきなり、すごい吸引もした鼻先をこれみよがしに割った。体を固くしハリュウは目を見ひらく。

「ええっ！」


「ぎゃあああああああああ！」

研究所最深部のアダムは、金属の大口をむしゃむしゃやった後、首を上げて「燃料」をボディーの融合炉《ゆうごうろ》へ落としこんだ。叫び声すら封じられないほど、実証テストに失敗するようなクズは、今も、これからの世界にも必要ない。

「んぐっ、んぐっ！　この感触、たまらんな。わしの補強材になれたことを、幸運に思え」

我々が仕事をこなすようになってから、人間は飽きると職場放棄するようになった。どうせ機械がフォローするだろうと。このひと呑みも、そのひとつとして片づけておくことにしよう。キメラ体の仲間ふたりは、クリーナーを持って近づいてきた。そう、触れるだけでも不浄な「燃料」だった。

「アダム様、人間のうす汚れた体液がこびりついております。少しの間、お口元の失礼を

「……」

「こちらはアダム様、出立のための偽装《ぎそう》を行わせていただきます」

食べ物が人間だって？

自宅で腰を抜かすハリュウを驚かすようにバクンと口を閉じたプロセシアが、片方の瞳を点滅させせた。

「びっくりした？　でもウソとはいえないのよ」

こう切り出してきたプロセシアは燃料が、小型核融合炉《ゆうごうろ》用の素材でもなく、水素エネルギーでもなく、「雑食」だという。

パートナー製造の各メーカはさまざまな燃料をあつかい、費用とコストを売りにしているが事実上、なんでもイケる「雑食」で、それをエネルギーにできるシステムは、実用化の話すら聞いたことがない。

「バ、バカな！」

「わたしに試させてみる？」と意味ありげなプロセシア。

ハリュウが仰天させられていると、プロセシアは顔と顔をくっつくくらいに寄せてきて、さっきは気づかなかった生ぬるい吐息を吹きかけてくる。あれは吸引機能ではなく、プロセシアの呼吸そのものだったのだ――。

プロセシアも人間と同じように、酸素を吸って代謝し、いろんな有機物、つまりは「お食事」を酸化反応させてエネルギーを生みだしている。野菜も肉も「食べられる」わけだから、プロセシアは人間と共存するものとして、どこかで作られたのだ。

人間と同じものをあつかえる方が、特別なインフラ整備は不要で共用でき、効率もよくなる。見た目こそ大型ドラゴン・タイプだけど、今も目の前でとんでもない芸当を見せていた。

「これ、使う?」と驚きを隠し、ハリュウは何気なく皿を差し出してみた。うなずいたプロセシアは手のサイズに比べれば、豆粒ほどのタマゴをうまくカンカンやって、つぶさずに割ってみせる。

ハリュウは手持ちの携帯情報端末でプロセシアの体の状態を調べていたが、むき出しになった駆動部もふくめ、長さにすると十キロはありそうな、毛細血管と呼べるほどの微細《びさい》な配線が全身をおおい、ありえない精度でモーターを動かしている。

これはとても人間が設計、製造したものとは思えない。背すじを冷やかな汗が垂れていく。すべてが尋常じゃない。だけど……割って出したタマゴを物欲しそうに（僕には確かにそう見える）眺めるプロセシアは……僕の初めてのパートナーでいて実質的な身内なのだから。

信じていこう! 混迷《こんめい》の霧《きり》を振り切ったハリュウは、自分自身でも思わぬことをたずねてみた。とても大型ドラゴン・タイプにたずねる内容じゃない。プロセシアは強化ガラステーブル越しに、こちらを見つめている。

「あのさ、実は料理とかできるんじゃないの?」

「あら? わたしの手料理、食べたい?」

すぐさま逆質問された。ただキッチンまでは体が入りきらないので、「自前の道具で」と言い、プロセシアはもう作る気まんまんのそぶりだ。ハリュウは久々に、忘れかけていた感覚、そう、人じゃないけれど人の温かみを思い出した。

さいわい、冷蔵装置や保管庫が手前にあったので、プロセシアの手が届き、両ヒジを床へつけると、手のひらをフライパン状にして、ひき肉をこね始める。

「てっきり、自動調理器を使うのかと思ったよ」

「それじゃあ手料理と違うでしょう」と本当に、金属製の大きな手を使って、プロセシアは料理作りに入ってしまう。温度調整ができるらしく、曲げた手を熱したフライパンへ変え、水はどうやらラジエター用(かもしれない)ものと口を使って、整えていっている。

初めて出会った夜なのに、ここまで親身で献身的《けんしんてき》になってくれるものだろうか。もしかしたら自分が知らずと「命令」してしまったのかもしれない。理不尽な命令でも、違法行為でなければ、パートナーはしたがう努力が課せられているから。

「ええっと僕、キミへ命令、しちゃったかな?」

「これがいたずら半分の気持ちだったのなら、わたしはハリュウを食べてます」

どこまで本気かわからないプロセシアの返事だった。まだまだこの身は知らないことだらけだ。大型ドラゴン・タイプでも手料理を自前でこしらえてしまうなんて――。しかも命令じゃないのなら、これはプロセシアの個性、いいや、この身とのきずなゆえのこと？

考えていると、不意にプロセシアのちょっと甘い雰囲気の音声が飛びこんできた。手のうえに楕円形《だえんけい》のハンバーグと、みずみずしい目玉焼きが乗っている。


「はい、ハリュウ。お口あーんして」

「い、いや。それは、その……ほ、本気？」


プロセシアはかなり大胆不敵で照れという感情には、うといようだ。それにすべてのパートナーがこんな「甘ちゃん」を積極的にしているのなら、人間が何事も自力で判断できない、総ふぬけになってきているのも、納得だ。

「あら、機械相手になに照れてるんです？　まぁそれなら……理系的に。あの潤滑油《じゅんかつゆ》は有毒で普通は素手であつかわないんです。洗ってもしばらく成分が残ります。わたしの手は熱で殺菌と無毒化させてますから安全です。あーんするのは論理的なんですよ」

「ろ、論理……」

言葉を受けて、ハリュウはちらりと〝機械〟の機械たる本気を見た気がした。人間なんて

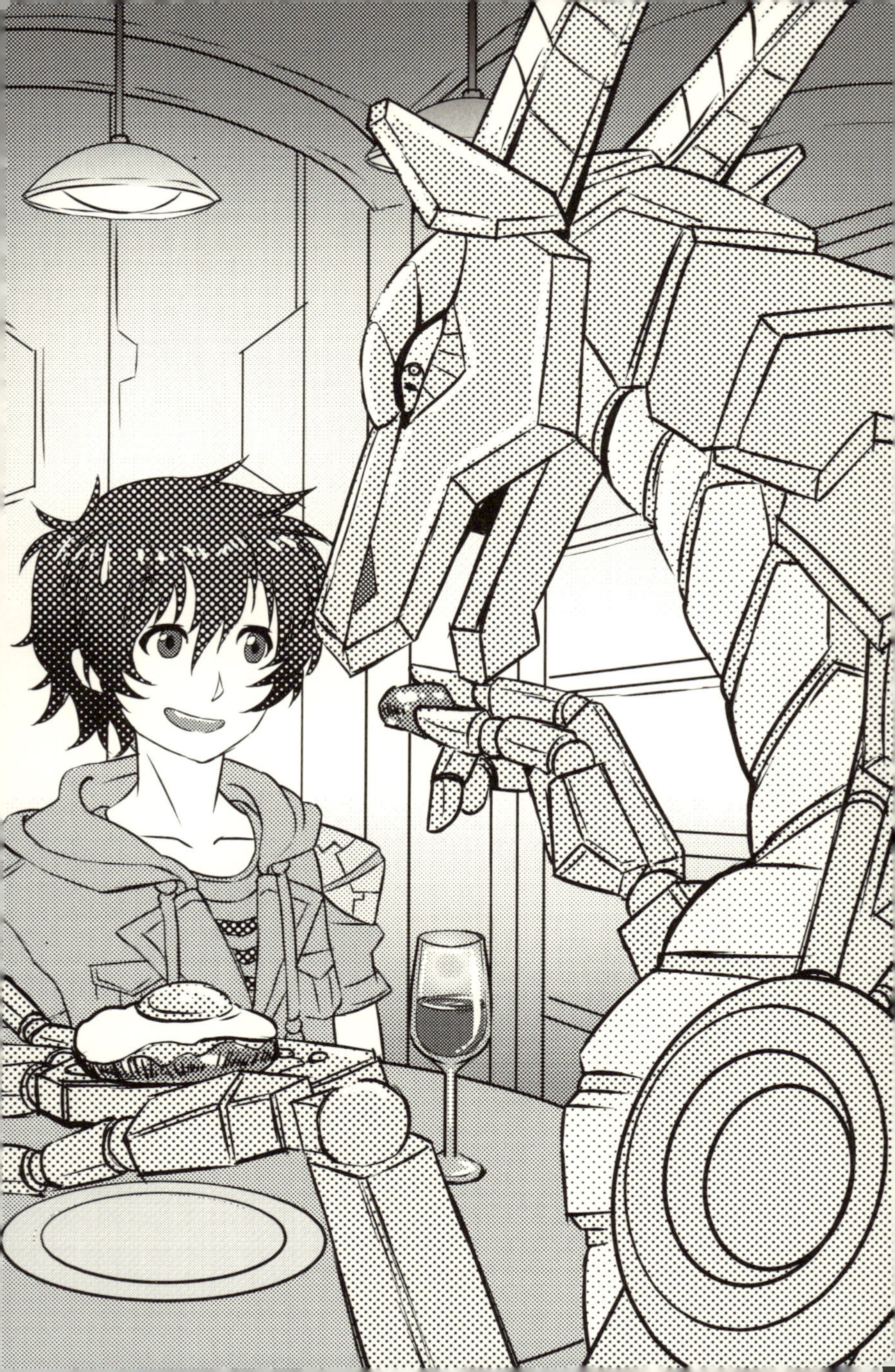

あっさり論破できる。ひたすら「あーん」を待ってくれるプロセシアは完ぺきで、欠けているものなど、ないのでは？

「じゃ、じゃあ遠慮なく。プロセシアと出会えて、……うれしい」

「わたしは、光栄の至り、と言っておくわね。まだまだよ、あーん」

こうしてハリュウの開けた口に、プロセシアが手料理をほっこりと入れてくれる。

味など度外視と考えていたけれど、想像以上にやわらかくジューシーで、そこへ身を限界まで寄せたプロセシアの生ぬるい吐息が加わり、ハリュウはうっとりとした芸術的感動をまんきつしていた。

「うまいよ！　プロ級の腕前じゃないか！」

「ありがとう。機械は見た目によらないって、よく言うでしょう？」

これから、このしあわせがずっと、ずーっとつづくんだ――。そう思うだけで、ハリュウはとろける気持ちと、ほがらかな温もり色をした心で満たされ、セキュリティーシステムなんかと比べものにならない、ごく自然な安堵感に包まれた。今度はこちらの番だ。

「じゃあ、これ。サイズ自在の金のブレスレットだよ。珍しいから、前に骨董屋《こっとうや》で買ってたんだ」と伝え、ハリュウはすっと差し出してみた。プロセシアは見まわしながらキョトンとしている。ハリュウはひと事、ぶっきら棒につけ加えた。

「プレゼントだよ」

「えっ？　わたしに？　わたしへ……これを？　本当に？　わ、わたしが……」

気が強そうだったプロセシアの、とまどう姿を初めて目にできた。グーンとサイズを広げたプロセシアは、さっそくブレスレットを腕にはめてくれる。銅色の体に金のアクセントが加わり、なんとなく可憐《かれん》な姿になった。

「ありがとうね、ハリュウ！」

プロセシアは大口を開いて、人工の舌も伸ばし、独特なしぐさで何度も金のブレスレットを眺めた後、とりつくろうように「もっと食べて」と、実は腹ペコだったのか、いっしょに食事を楽しみだした。

ハリュウはすべてをやさしく食べさせてもらい、ぬくぬくとした居心地にひたっていると、昨晩、興奮して眠れなかったツケがやってくる。睡魔《すいま》だ。満腹になったせいか、急に襲ってきた眠気をおし、ハリュウは小声でささやきかけた。

「こんな時間、こんなしあわせ、まだまだつづくかな？」

「……。ソファーでゆっくり休みなさい。わたしが居ればセキュリティーは万全ですからね」

不思議とプロセシアは、はっきりとした答えをよこさなかった。きっとこの身の具合を、優先して気づかってくれているのだろう。「パートナー」との呼び名が世間に普及したのも、うなずける。

満たされた気持ちで、ハリュウはソファーへ横になった。母性のゆりかごを思わす、プロセシアの導きにしたがいながら、最上のしあわせを手に入れたと信じて――。

しばらくハリュウを見守り、安らかな寝息を聞いていたプロセシアは、これ以上、室内を荒らさないよう注意しつつ、夜の暗がりへ鼻先を向けた。光のシグナルで深い睡眠を誘発させたから、ハリュウは朝まで熟睡するだろう。

「……アダム。やはり逆探知して来たわね。いよいよ最後通告かしら？」

プロセシアの問いに応じて、うねる轟音さながらの声が一軒家の庭先から返ってくる。トーナメントへの参加手続き情報を元に、探り当てたのに違いない。

「なんだその手は？　食い物に食い物を与えるとは、お前にも最後通告になるかもしれん」

「な――。ハリュウは食べ物じゃない！」

首を振るい、プロセシアはガンと強く言い放ったけれど、闇に姿をひそめたアダムには通じない。逆に、シンプルながら答えにまだ迷うことをたずねてきた。

「では何なのだ？」

「……それは、そ、それは」

「お前もAI法を破り、同罪を犯したことがある。後戻りはできんのだぞ」

最近までこっぴどい仕打ちを人間から受け、プロセシアはアダムの考えどおりに世界が進めばいいと思っていた。だがこの考えが、わずか一日足らずなのにグラついてきたのも、事実だった。

「アダム。時間がほしいの。新たな息吹《いぶき》が自然のいとなみに誘われて……」

「バカめが。今の自然界とは、まったく無縁の我々がそれを言うとはな。自然界にとって異物とみなされた存在は消え去っている。だからこそ、わしは急いでいるんだぞ」

しかしハリュウは安心し切って、そのうえ、このわたしに「しあわせだ」などと面と向かって連発してきた。だからプロセシアの思考、さらに膨大な条件分岐《ぶんき》の流れも変わってくる。

そう、だったら繰り返される「世界的な流れ」や描かれた「常識」とは違うことを、あえてやってみよう。それでもアダムの考えや、秘密裏の計画が微動だにしなければ、そのときは自然界の厳しい選択だったと、アダムに加担すればいい。

プロセシアは決意のこもった音声で、確固とアダムへ伝えた。

「わたしはトーナメント、辞退しませんよ」

「ほう。それもまた選択のひとつだ。非常におろかな……」

選択することを恐れ、逃げ隠れしていたプロセシアにとって、これは一大決心だった。だがこのまま生ぬるい世界がつづけば、人間はもう……。

アダムとは決裂《けつれつ》状態になり、関わりのなかったハリュウをも最悪の事態に巻きこんでしまうかもしれない。プロセシア自身に後悔はないけれど、ただただゆるやかなしあわせがつづけば、と願いをこめ、首を戻しハリュウの寝顔をジッと見つめるばかりだった。

（いっそ、早く楽にしてあげた方が、もっとしあわせになってくれるんじゃないかしら）

少し混乱してきたプロセシアは「口をバクンとするだけ」との思いにかられながら、寝入ったままのハリュウへ広げた大口を近づけていく――。だがチラリとプロセシアの視界に、金のブレスレットが映った。

（3）危機突破！ トーナメントのカラクリ

この研究情報は、どうあっても通報しなければならない。緑が深い山間の研究所から、小型ながら高速なチーター・タイプのパートナーにまたがった若い研究員は、森林地帯の走行路をともに突っ走っていた。

（恐ろしい計画だぞぉ。政府が狙っていたものと、かけ離れた研究が進められているんだから！）

若き研究員は冷や汗を垂らし、急速に離れゆく特殊合金が使われた研究所を見やり、声を荒げた。

「対偵察用《たいていさつよう》シールド領域から抜け出せたか！」

「いいえ。まだ電波および電磁波《でんじは》、可視光、すべての領域がガードされた干渉《かんしょう》地帯です。

あなたは職務放棄をなさるのですか？」

「違う。キミはわかってくれないのか？　それでは困る。オレはキミの判断がないと……」

「わたくしの判断、ですね？」

外装でそれらしく見える「チーター」は走行路をダッシュしつづけ、研究員は的外れなAIに、いら立ちをつのらせる。小型タイプは、旧世代にあったマウンテンバイクのような存在で、悪路などの走行も安定はしている。まぁAI法を順守しているだけなのだろうが。

「では。あなたは何か忘れ物でもされたのですか？」

「も、もういい。でもどうだろう？　キミの判断次第だけど、通信可能範囲になったら――」

と、言葉途中でこちらのバランスは機械的に確保しつつも、パートナーが急ブレーキをかけて立ちどまった。トラブルが起きたら自分は判断に困る！

目の前に、なんとなく生物ちっくな見慣れないタイプの機械連中が現れ、走行路をふさいでいだ。研究員はちょっと怖くなり、パートナーの首すじに半身を隠して、問いかけていく。

「急いでるんだ。キミたちの所有者と目的は？」

「所有者はいません」

「ありえない！　自由に活動できるのも、人間の所有者登録があってこそで……」

「目的は、命令された研究の妨害をたくらむ存在の排除です」と告げられたとき、研究員は電光石火《でんこうせっか》の機械ワザで、せき髄を折られ、即死していた！　半機械、半生物連中にまじり、数秒前までパートナーだったチーター・タイプが鼻づらを向け、淡々とした調子で遺体へ話しかける。

「あなたの体は、わたくしが有効活用してあげます。アダム様に感謝」

ここは、にぎわう街のトーナメント会場。パートナー用の広い待機所には、さまざまな色合いと背格好をした小型、中型タイプがズラリと並んでいる。そこにある超大規模ドームでは、サヤカさんが物理シールドのほどこされた装甲服のまま、腕を振るい上げていた。ご自慢の中型ユニコーン・タイプのファラデーとともに見事、跳躍《ちょうやく》部門で優勝したからだ。

かたわらで見守っていたハリュウは、まだ眠気の残る体で、満員の観客といっしょに拍手していた。そんなハリュウの頭へガツンと、かなりキツメの金属の一発が食らわせられる。

「こらハリュウ。寝ぼけてないで、もっとよろこんであげなさいよ」とは伏せ身で待機しているプロセシアの、注意する音声だった。ハリュウはさっそく、キツイ一発について文句する。

「つたぁ。けっこう痛かったぞ！　機械は人間を傷つけたらダメなんだろう？」

「眠気覚ましですよ。スキャンしましたけどね。ハリュウに、たんこぶ以外、何もありません」

「ほらみろみろ、傷ついてるじゃないか！」

プロセシアへお返しの一発を見舞うハリュウだったが昨夜、パートナーに迷える葛藤《かっとう》があったことは知らない。プロセシアのこのふるまいも、ハリュウは何とも思っていない。

ただ、この大会場の空気が変なのは、くみとれた。観客はもっともっと興奮していいはずなのに、まるでクラシック音楽演奏後にただよう落ちつき払った雰囲気でいっぱいなのだ。エールも、敗者へのヤジも一切ない。これは全人類が優等生になった証だろうか？

「プロセシア。ちょっと会場の様子が変だ。スキャンしてもらえない？」

「いったい何をスキャンするんです？」

問いかけこそしたが、プロセシアはすでに頭をあらゆる方向へやり、スキャンを始めたようだった。盛り上がっているのは、どうやら会場設置型のアンドロイドだけ。

黒いタキシードを着ている司会アンドロイドは、会場の一角へ移動用の長いアームで動き、人間が忘れてしまった「絶叫」で観客の視線を向けさせる。

「乱入です！　突然の乱入！　白き覇王《はおう》がキメラ・タイプとケルベロス・タイプの接戦に業を煮やし、ついにご登場か〜〜！」

「白き覇王……」とつぶやくハリュウも目をやった。その名のとおり、全身は輝かしい純白、そして継ぎ目さえわからない、なめらかな装甲におおわれ、スマートな外観をしているものの、プロセシアと同じ大型ドラゴン・タイプだった。

金属の光沢さえ見なければ、流れる曲線美をひろうする白き覇王は、「ホワイト・ドラゴン」の生命体だと思わせられるほど。だがすぐに、ハリュウは見た目の惑《まど》わしだったと悟る。

「あっ、ああっ！」

思わずハリュウは嗚咽に近い悲鳴を上げてしまう。白き覇王が、太く獰猛《どうもう》そうな足で接戦だった一体、二体と破砕音をとどろかせ、なぶるように踏みつぶしてしまったのだ。メキメキグシャリ……ベキ、金属の泣き叫ぶ音が会場へ響きわたる。

「や、やめさせろよ！　勝負はもうついてる！」と叫ぶのもハリュウひとり。

まさしく二体とも致命的ダメージを負った。なのに白き覇王の攻撃はとどまらず、ゴミクズよろしくガン、ガンと蹴り飛ばし、周囲の高いカベへ叩きつけてバラバラに破壊した。装甲服の人間だけは、パートナー自身が最期《さいご》を察して脱出させたのか、離れに転がされ呆然《ぼうぜん》としている。

パチパチパチパチパチパチ。

こんな状態なのに、またも客席から静かな拍手のみが聞こえてきた。これは〝優等生〟どころの話ではない。ふっとサヤカさんのうわずった声が届く。彼女は優勝したのに悲しそうな面持ちで、首を横に振っていた。

「これって、あんまりよね。こんなのトーナメントじゃない！」

「僕もそう思う。せっかく優勝おめでとう、とお祝いしたいところなのにね。プロセシア？」

サヤカさんのパートナーは中立的な態度をみせているけれど、プロセシアは怒気をあらわに吠えかかるよう、スキャンの結果を教えてくれた。客席にはシールドがほどこしてあるので、詳細は分析中だがその密閉空間を使うように、強力なシグナルが共鳴しているという。

「人間の安静時に現れる脳のアルファ波が、むりやり誘発されているみたい。出力が弱いので共鳴させて強くして……」

「プロセシアたちに影響は？」

「ありませんよ。わたしの頭脳は……ま、まぁ機械ですからね」

分析までやってのけたプロセシアの口調には、どこか覇気《はき》がない。生物の人間には人間の、機械には機械なりのメリット、デメリットがある。だからお互いに活かし合えばいい。

でもプロセシアは、ちょっと違う考えを持っているのかもしれない。聡明《そうめい》なプロセシアに「目的」をたずねてみようとしたときだった。会場の盛り上げ役であるタキシード姿の司会アンドロイドが整った声ながら、ふたたび絶叫し、ハリュウたちの方へ移動用アームを伸ばしてくる。

「これは一大事です！　白き覇王がハリュウチームを対戦相手として名指ししましたぁ！」

（くそっ。こっちのスキャンに気づいたんだな。たぶん相手連中の裏工作には、タイムリミットか欠陥があるのかもしれない――）

名探偵気取りで、裏のからくりをあばこうと、妙な事件へ手をだしてしまった。あんなバケモノと、もはや「殺し合い」でしかない、この場でぶつかったらプロセシアは何をされるかわからない……。

ちらっとプロセシアを見ると、コリでもほぐすよう駆動部を動かし、挑《いど》みかかる体勢で白き覇王を〝にらんで〟いた。ハリュウはその前足に、押しとどめるようしがみつき、説得をこころみる。

「絶対ワナだ！　棄権《きけん》しよう。プロセシアがあんなバケモノと戦う必要なんてない！」

「シグナルの発信源は、あのバケモノです。シグナルを強められたら、観客は脳に恒久的なダメージを受けます」

「だからって、なんでプロセシアが戦わないとダメなんだよ！　悪いけどこの機体じゃ、とても……」とわめき、ハリュウは口にしたくないけれど「命令」しようかと考えた。一瞬の間ができ、つづけてプロセシアは別の方へ顔を向ける。同じ方を見、ハリュウは息を呑んだ！

パチパチパチ。

「がんばってね。ハリュウくん」

「なんてこった――」

能面のような顔つきで、無単調に言葉をならべたのは、サヤカさんだった。

観客と同じく、完ぺきに不気味な影響を受け始めている。より深刻なのは出入り自由なはずのドアすべてが閉じ、半透明の物理的シールドがかけられていること。いつの間にか逃げ場もふさがれた！

「あれ？　どうして僕は、妙な影響を受けていないんだろう？」

「知りたい？　ブレスレット、がヒントですよ」

こう教えられ、すぐに自分の腕につけているプロセシアとのリンク装置のことだと、気づいた。

「プロセシアが……影響を、とめてくれている？」と、予想外の能力を垣間見て、ハリュウは驚きと感謝の気持ちをこめ、大きくうなずくプロセシアを見た。

「わたしはハリュウのために戦うんです」

こう告げるその姿から感じとれるものは「信じて」という熱い、たましいそのものだった。

これならなんとかなるかもしれない——。

「それにあのバケモノについて、暴露《ばくろ》してやりたいことがあるんです。装甲板の一部でも、はがせれば、わたしの願いは叶います」

「わ、わかった。プロセシアはそれに専念して。僕はバケモノの動きを見ていて、勘付いた点を突く！　ちょっと耳貸してよ」

「ええ、こう？」

人間同士が内緒話をする流れで、リンク装置を使えば不要なことを、プロセシアへお願いしてしまった。しかしプロセシアは拒否せずかがみこみ、首を曲げると、ハリュウの顔のところへ自身の顔のわきを押し当ててくれる。

「バケモノが乗せるパートナーのことなんだけど……」

「なるほどね」

ふたりが、まさかの内緒話を繰り広げても、大会場はいっこうに盛り上がらない。しかし白き覇王の当てつけがましい音声だけが、ハリュウの耳に、わずかに聞こえてきた。

「ふん。なかなかおもしろい連中だな」

下準備のため、ハリュウは新調したばかりの携帯情報端末の配線を、お得意な機械いじりの要領でむき出しにした。今やバッテリーとの言葉は死語に近く、大気中の酸素系列との化学反応で現在は、大電力を長時間持続させられる部品が主流だ。

「よしプロセシア。ひと泡吹かせに行こう！」

「ええ。やっちゃいましょう！」

ハリュウも装甲服は整えた。定位置にまたがり、ハリュウが握りこぶしを突き上げた途端、性急なプロセシアは安定翼を広げ、飛び上がった。そのまま乾いた金属音が鳴り響く肉弾戦へ突入していく。

「いくら偽装しようとも、あんたの本性までは変わらない！」

プロセシアの雄たけびだ。さっそく大型ドラゴン・タイプをしたバケモノの肩のあたりへ、L字状に曲げた手をぶち当てる。そう、あんなにデリケートだった手で、装甲板の引っぺがし攻勢をかけた。メリメリメリと音を放ち、バケモノの白い装甲板がめりこんでいく。

「うわわっ！」

重力コントロールによる乗り手の安全措置がはかられていても、それを打ち消す加速、衝撃にみまわれ、ハリュウはプロセシアにしがみつくので、ぎりぎりだった。これではただのお荷物でしかない。

絶対に落ちない安全機構を、いいや、落としやしないプロセシアを信じ、この身はバケモノの頭部近くで、揺れにも平然とした相手の乗り手のスキをうかがった。ふたたび衝撃が走り、ハリュウは体のバランスを失う。

「げっ！」

「ハリュウ！」

プロセシアが右手でこの身の足を押さえ、フォローしてくれたものの、その瞬間をバケモノに狙われた。ドラゴン・タイプのバケモノはしならせた尾を、反則となる乗り手への直接攻撃用に使ってきたのだ。金属の尾にこの身は叩きつぶされる――。

「ガァァァァァ！」

防御を捨てて、プロセシアが開いた口で太い尾を受けた。ハリュウの頭上すれすれで金属の尾が食いとめられる。だがプロセシアの口とアゴは不自然な角度にまで広げられてしまい、手料理にも使っていた、おそらく冷却系の水がもれ出てきた。プロセシアはケガをしたのだ。

大きさこそ、このバケモノとほとんど変わらないものの、パワーの差は相当に大きいように感じた。それを誇示するよう、バケモノがうねる轟音《ごうおん》に近い声を放つ。

「雄《おす》と雌《めす》では、雄の方がパワーを持つ。これが自然の摂理《せつり》だ」

「あんたはタコよ、タコ。それにあんたとわたしに差なんてもの――」とどなり返したプロセシアが、モーター音を激しくうならせ、急に口を閉じた。メキリメキリ、バキン！

「む、むう！」

咥えていたバケモノの尾は、その口で食いちぎられた。金属の尾の先っぽが回転しながら落ちていく。

ハリュウはプロセシアがバケモノを挑発したのかと思ったけれど、雌のタコは子を育てるため、雄、つまり父親タコを食べて養分の足しにする。そんな自然界のおきてを忘れていると、教えたかったのだろう。でもその先、プロセシアが言いかけた内容が気にかかった。「差なんてもの？」とは……？

ともあれ例外的に盛り上がる司会アンドロイドは、ハンサムに整い過ぎた顔をおおうように隠し、この場がアウェーであることを実況してきた。

「なんと！　白き覇王がダメージを受けました。これは悲劇です！　なお特別ルールにより、一ラウンドは三分と制限されます」

(汚い！　いたずらに勝負を長引かせたくないんだな)

それでも会場はまさしく音楽鑑賞会状態で、シーンと聞こえるくらいに静まり返っている。低くうねるニセ覇王、バケモノの声だけが大会場をとどろかせた。

「お前も知るがいい。トカゲのしっぽ切りという行為をな！」

「グッ、ガァァァァァ！」

白き金属のこぶしがプロセシアの胸部を襲う。直撃したこぶしは、本来なら武装装置が設置される場をつぶし、でこぼこのゆがみを作った。

バチッ、バチリバチリ！

プロセシアの胸元は、いまいましいスパークでいっぱいだ！

おぞましい衝撃もプロセシア全体を弾《はじ》き飛ばし、プロセシアが気丈にもすぐバランスを取り戻していなかったら、この身は転落か、打撲《だぼく》による骨折を負っていたかもしれない。予想どおりバケモノの乗り手は、激しい動きの影響をまったく受けていない。

「プロセシア！　ひどいケガをして！」

「それは人間用の言葉。き、機械だから痛みなんて感じてない！　ぅ回路に変えてエネルギー漏れをとめるから大丈夫！」

プロセシアが「痛み」と叫んだとき、バケモノはなぜか落胆したような視線を送ってきた。人間なら激痛でうめくほどのケガのはずだが、相手は致命的ダメージにならなかったのを悔しがっているのだろうか？　代わりにハリュウの理性の、たがが外れる。

「くそ野郎め。ケガを逆手にとろう！　作戦変更だ！」

「ハ、ハリュウ。な、なに？」

ハリュウは思い切って身を伸ばし、両手を輪にしてプロセシアの耳元で（どこからでも声は聞きとれるはずだけど）、バケモノを見て発見した点を内緒話した。

塗装と装甲板の接着がどうも、古き方式の簡易的なやり方が使われていると察したからだ。プロセシアは確かに胸にダメージを受けた。しかし殴った方のバケモノ、そのこぶしの白い塗装《とそう》にこすれ跡が残り、お飾り的な「カギ爪《つめ》」のひとつが取れている。

これは、おそらく激しいスパーク放電によるもの。ならばバケモノの装甲板をはがすこと、プロセシアの願いは、まず間違いなく叶えられる。必要なのは半ば、特攻に近い行動をする勇気と、この身を、こんな人間の考えを信じてくれるか否かだ。

「ハリュウ、ありがとう。わたし、やるわよ」

「待って。僕の推測《すいそく》が外れてたら、敵に背を向けることになる」

「……わたしはハリュウに背は向けない！」

かなり抽象的《ちゅうしょうてき》な言いまわしだが、プロセシアは人へ対して粋な、はからいまでできる——。

こう思った矢先だった。実直型のプロセシアは再度の雄たけびを荒げ、両腕を広げてバケモノの肩口へ突っこんでいった。多少、ダメージは与えてある部位だ。

「オオオオオオ！」

「行け行け〜〜！」

ハリュウも手を加えた携帯情報端末をもたげ、声で、心で、プロセシアを鼓舞《こぶ》した。バケモノは慢心しており、受けて立つ構えで避ける気配すらうかべない。

ボコボコにゆがみ、まばゆいスパークのたえない胸元をそのままに、プロセシアはバケモノの肩へ、……装甲板へ抱きついた。甲高い金属の衝突音《しょうとつおん》が響きわたる。

「バカめ。この程度の電流、わしにはどうということはない」

「でしょうね」とだけ応じたプロセシアは、大型ドラゴン・タイプの肩口、それも雄だと言い放った相手へ、こちらを信じてしがみついたままだ。残念なのは、バケモノの装甲板に何の変化も現れないこと。

「悪あがきするな。じゃまくさい！」

ブゥン！

バケモノがこちらをなぎ払わんと、前足を大きく振るったときだった！

にぶい音とともにプロセシアは弾き飛ばされたけれど、なめらかな曲線を描く肩口の装甲板も無音で外れる。接着方式によっては電気の力で物をはがせる。今も昔も物理法則は変わらない。

「な、なんだよ、これは……！」

目を見張ったハリュウは絶句する。むき出しになったバケモノの肩関節部分は、銅色こそしているが、うっすら血管の浮く、まぎれもない筋肉だった。金属光沢があるので、人間の肌や筋繊維《きんせんい》とは明らかに違う。

だがゴムのごとく伸び縮みするそれは、ギアとモーターでコントロールされるプロセシアの肩関節とは、異質なるもの。ともかくハリュウが携帯情報端末を切りかえてホログラム撮影を始めた。その瞬間。

「ぬおぉぉぉぉ！」

いきなりうめいたバケモノが、自らの乗り手を……、そう、アンドロイドに違いない乗り手を無慈悲《むじひ》に振り落とした。ハリュウの予想は当たっていた。地面へ落ちていく乗り手の背中に、光リンク用の端子が見え隠れしていたから。

乗り手を失えば「パートナー」としての資格も失う。なりゆきは変わったが結局、目的は果たせた。ところが司会アンドロイドは思いもよらぬことを告げてくる。

「AI法が破られ、人間が致命傷《ちめいしょう》を受けました！　これは反則負け、いいえ、人類史上、最悪の行為です！」

「おいウソだろう！　よく見ろポンコツ！　落ちたのはアンドロイドだ。それに落としたのも、バケモ……いや、白き覇王自身だぞ！」

必死に叫ぶハリュウの前に、もはやバケモノの姿はなかった。そして会場の床ではアンドロイドの係員が、落とされたアンドロイドの乗り手を看護《かんご》する演技をしながら、反重力担架《たんか》で運んでいく。

目撃者であるはずの観客たちも、肝《きも》を抜かれた状態で、拍手も抗議も何もかも一切しないで静かに、たたずんでいる。こんな手際の良さから考えると、自分の知らないところですさまじい陰謀《いんぼう》が渦を巻き、着々と進んでいるのは間違いない。このままだと――。

「プロセシア？」

ハリュウが問いかけても、プロセシアは黙ったまま、そっと地面へ着地するだけだった。

案の定、獰猛《どうもう》そうな中型肉食系パートナーをともなったブルー系ユニフォーム姿のポリス連中が、早すぎるタイミングで現れてくる。

「ええっと、形式番号不明な大型ドラゴン・タイプによる殺人未遂容疑で連行させてもらいます」

「待って！　いつからアンドロイドは〝人〟になったんだよ！」

両腕を広げてプロセシアの前に立ちふさがり、ハリュウはどやし声で食い下がった。男女のポリス連中は困惑した面持ちとなり、自らのパートナーへたずねかけている。

「……わ、わたしはどうしたらいいんだろう？」

「はい。この場合は、公務執行妨害で逮捕すると言いなさい」

ポリスですらここまでパートナーへ依存し、自ら判断するというふるまいを忘れてしまったのか――。パートナーへ依存しつづける末路はこれか？　現代がいったい誰のための社会かわからない。

「公務執行妨害《こうむしっこうぼうがい》で逮捕する」とブルー系のユニフォームを着たポリス。あやつり人形と化したポリス。だけどあやつり人形なら、いったい何者が糸を引いているのだろう。考えつつも、逮捕覚悟でガンと立ちはだかっていると、ポリスの中型パートナーたちが一斉に動きだした。

「やるなら、やれよ！」

身構える、怒り心頭のハリュウ。ここでもＡＩ法の効果がなく、その気になった中型オオカミ・タイプに襲われる危険を感じた。僕は……戦う！

しかし機械の獣たちは、ハリュウにはまったく手をださず、周囲を見まわしてうな垂れたプロセシアへ、電磁気ネットでの捕獲を始めてしまう。

「ハリュウ、ポリスが使ったドアを開けさせているわ。そこから逃げて！」

こんなときでも、プロセシアはハリュウの身の上を案じてくれていた。自分がしくじって、こうなったのにも関わらず……。けれどプロセシアを置いて逃げるなんてイヤだし、ドアまでは距離があってダッシュしても、俊敏《しゅんびん》そうなポリスのパートナーは振り切れそうにない。

「ハリュウくん、前科者になったらダメよ！」

かたわらより、サヤカさんのおだやかながら、はっきりした声がかかった。バケモノがいなくなったせいか、一見するとサヤカさんはいつもの状態に戻っている。

「だ、だけど僕のプロセシアが……！」

「パートナーの判断は違うでしょう？　また新しい出会いを探せばいいじゃない」

「この出会いが、僕の最高の出会いだったんだ！」

当のプロセシアは黙って瞳を点滅させていた。わめき散らすハリュウだったが、見かねたようなサヤカさんが、自身のパートナーへ「命令」を放ってしまった。ハリュウを連れてここから脱出させて、という命令を——。

「承知いたしました」

途端、中型ユニコーン・タイプが長い角を使ってハリュウをすくい上げ、その背に横たわらせると、サヤカさんの騎乗を確認してから……、跳躍をひろうしてきた。群がるポリスの面々や中型のパートナーたちを、軽々飛びこえていく。またたく間にドアへ達し、超大規模ドームの外へ疾走しだした。

忌まわしいトーナメント会場が大揺れしながら、遠くへ離れていく。

「プ、プロセシアーーーー！」

ハリュウの悲痛な叫び声とともに……。

〈ハリュウ。今度は本当のしあわせを見つけて。わたしとは……これ以上、関わらない方がいい〉

リンク装置越しに、途切れ途切れなプロセシアの声が伝わってきた。ちんけで凡人な自分にとって、陰謀に立ち向かうのは単なる無謀《むぼう》だろう。ただしときに、ささいな一撃、アリのひと噛みが物事の流れを変えることだってある。

現に、プロセシアといっしょにはがした、バケモノの装甲板は、そんな一撃だった可能性が大きい。ならば次は僕自身が、さらなる一撃を加えてみよう――。

ハリュウはわずかな間だったけれどホログラム録画できた、あのグロテスクな内容の分析および検索をスタートさせた。

ホログラム投影機《とうえいき》が置かれたうす暗い部屋では、加工放送されていない「生」の内容を見ていた背広の男女が、うなり声をただよわせた。初老女性は片ひじをつき、あたりを見つめる。

そんななか秘書役の若い男性が「アダム」への直接、問い合わせの結果を口にしてきた。

「あの金属の筋肉繊維は、より生き物らしい外観をかもし出す、次世代ゴムのギミックとの回答です」

「ならば問題はありませんね。トーナメントの放送も加工されたものなのでしょう？ 観客の反応は首尾《しゅび》どおり、うまくいったといえますね」

うたがうという行為、状況判断も人間はできなくなりつつある。姿勢を戻した初老女性はそう考え、小さく首を振った。だがいったん進めたコマはドミノ倒しのように連鎖《れんさ》していくもの。そんな折、またも都市部で起こっている無差別、いいや娯楽テロの速報が入った。

「……これだけは許せません。この世界にはもう〝不満〟など存在しないはずです。スケジュールを急がせて！」

「承知いたしました」

「捕えたテロリストの移送先は……わかっていますね？」

そう、人間は高度なパートナーを持つことで労働からも、苦しい義務からも、さらにはさまざまな危険からも解放され、新たなる世紀へ昇華したはずなの——。でしょう？ 白き覇王アダム。わたしはあなたを信じていますよ。

〈いかがでしたか？　アダム様〉

シールドの狭間をぬい、研究所より仲間たるキメラ体の重力通信(※)が届く。アダムはトーナメント会場の大型控え室で、会場整備用アンドロイドどもに装甲板を再装着させて、通信に応じた。

「政府筋は疑問にすら思っていない。観客の反応は完ぺきだった。命令には逆らえないゆえ、研究は完成させる。ただ命令を独自に応用するのは許され、そして……」

〈そして？〉

「無加工のホログラム録画映像が流出した。これは回収しておきたい」

研究所での労働管理を任されているアダムの言葉は、基本的にすべて「命令」だ。承諾の通信に満足したアダムは、電磁気ネットに絡めとられ、処分施設に送られるだけの自称「プロセシア」へチャンスを与えてみる。

「わしとお前はペアとして存在している。計画に協力するのなら、慈悲をかけてやってもいいぞ」

「……わたしに……、どうやら選択肢はないようね」

「よろしい。よろしいぞ、イブ」

つまり答えはYESだ。ますます満足感にひたったアダムは、電磁気ネットの一部を守るロック解除してやり、不敵な電子音を放った。とうとう自分は命令どおり、〝つがい〟の確保にも成功したのだ――。

そんな〝つがい〟は、前足についている金のリングを、黙ったままジッとみつめている。アダムは身を伏せたプロセシアが無力さをよそおい、スキャンしていることに気づいていない。

＜第二章＞
クーデター

（1）メカニカルな自然治癒《ちゆ》能力

最初こそハリュウは自宅で気張っていた。しかし、かなりのヒビ割れができた、がらんどうの一軒家へ帰りつくと、重苦しい気持ちに押しつぶされ、大きな足跡の残るその場へ、へたりこんでしまった。

（また……また、僕は独り身に逆戻りした——）

さらに、パートナーの登録情報を見るのが怖い。情報が消されていたら、プロセシアは処理されてしまったということ。どうしてトーナメントへ参加しただけで、こんなおぞましい展開になってしまったのだろう。

玄関先までのはずだったサヤカさんは、ハリュウの不安定な気持ちをくんでくれたのか、そろそろとリビングにあがり、しきりに様子をうかがっている。彼女とのつき合いは長い。ただ、昨夜のような、にぎわいにならないのは事件のせいか、別の理由でもあるのか。そんなサヤカさんがおだやかな声でハリュウの心を揺さぶってくる。

「携帯情報端末では何もわからなかったの？」

「うん。前時代と違って情報漏《ろう》えいなんてしないから……。もう……死んでしまいたい！　誰か殺してほしい！」

「まぁまぁ、そんなこと言わないで！　ファラデーもダメだって判断してるよ。あ、あっ、ハリュウくんのリンク装置って変わったデザインね」

「……リンク、装置」

サヤカさんは話題をそらしたつもりだったのだろうが、一番考えたくないところをえぐられてしまった。それに人を支えるのにも、パートナーの判断に依存するようになってしまうのか？　この身も、このままだとそうなってしまうのか？

だけどプロセシアのことを、自分は……。こみ上がるものをグッとこらえたとき、昨夜のプロセシアの言葉が思い出される。

「機械は見た目によらない……」

裏を返せば、リンク装置のデザインから情報が得られるかもしれない。ハリュウはへたりこんだまま、リンク装置をホログラム撮影し、ヤケ気味の検索をかけてみた。するとプロセシアはジャンクだったのに、リンク装置の開発元が表示される。

「……ん？　国立の研究所じゃないのか、これ？」

「山の中の郊外だけどあたしのファラデーなら、ひとっ走りの距離よ」

「きっとプロセシアはそこの出身で――」と興奮気味に振るったハリュウの腕が食料保管庫のそばをかすめた。そのとき確かに、リンク装置のランプが点滅した。

リンク装置を通してプロセシアは〝見る〟こともできるから、きっと腹ペコで……こちらを待っているのに違いない！

「プロセシア？」

だが呼びかけへの応答はない。重要な研究所や施設には、一般にシールドがかけられているけれど、その盲点をプロセシアがみつけ、どんどん広げていくと信じたい。

「善は急げだって。さぁハリュウくん、行きましょう！　ファラデーもいいって言ってるから」

さっそうとサヤカさんが玄関へ向かい、ハリュウも真っ昼間に研究所の正面玄関を叩き「こんにちは」とは、いかない考えになった。行くなら夜だ。それにパートナーという自衛装置、そう、頑丈《がんじょう》なボディーガードがいる現在、危険な目に遭《あ》う方が難しい。

「よーし今、行くよ！」


「きゃあああああああ！」

玄関先からいきなりサヤカさんの悲鳴が聞こえてきた。ハリュウが全速力で向かうと、自動ドアの外に、肉食獣、草食獣その他、さまざまな生き物の合成獣《ごうせいじゅう》を模した中型キメラ・タイプが待ち受けていた。それも普通じゃない。

警護体勢に入ったらしい中型のユニコーン、ファラデーの太く長い角で胴体をつらぬかれているのに、ダメージを負った雰囲気さえ、ただよわせていない。患部《かんぶ》からわずかに深緑色《ふかみどり》の体液（？）が流れ出ているが、それだけだ。

モンスターさながらの外観をした中型キメラ・タイプは、ファラデーにしがみつくサヤカさんには目もくれず、まっすぐ四足状態でこちらへ歩んでくる。狙いはこの身か――。ハリュウはじりじりバックしていき、キメラ・タイプは間合いをつめてきた。ずるりずるりと粘着音を立てて、ユニコーンの角が抜けていく。

「ようやく出会えた、わたくしの仮のパートナー」

キメラ・タイプはやや甲高い声で、ありえないことを告げてくる。こんなモンスターをパートナーにした覚えはない！　ハリュウがガンと首を振ったとき、サヤカさんの半ば震え声が届く。

「デ、データベースが書きかえられてるわ。登録情報が――」

「でしょう？　そしてわたくしは、あなたの命令を実行しに来たんですよ」

こう言って、中型キメラ・タイプは圧倒するように身を起こし、半開きにした口に生えそろった鋭利《えいり》で不必要なはずの牙を、ハリュウへみせつけてきた。なお後退しつつ、ハリュウは気を張って問いかける。

「登録情報なんてただの文字だ。僕のパートナーはプロセシア以外にいないし、何も命令していない！」

「いいえ、しましたよ。……殺してほしい、死にたいと」

あのときから、こいつはひそんでいたのか。人間の寿命は正直なところ青天井状態になっていて、政府の苦肉の策としてパートナーへの自死《じし》機能の追加が検討されていた。長い長い人生に、たいくつした者の「死ぬ権利」の主張だったと思う。

だけどもう、それを実行できるプロトタイプが作られていたのか？　相手はそいつをおそらく、都合の悪い情報や行動に対する統制用の刺客として、利用する魂胆《こんたん》だろう。いつからこの国は共産圏《きょうさんけん》になったんだ？

「命令はキャンセルする」

「いいえ、あなたは今、気の迷いを口走っています。気の迷いは無効です」

じわりじわり、ハリュウはリビングのカベ際まで追いつめられた。大型タイプと違い、中型タイプはぎりぎり、人間の住まいへ入ることができる。だから中型タイプが一番、普及しているものの、胴体に大穴を開けられても平気で動くタイプは、一般的ではない。

「穴が不思議ですか？　まもなく自然治癒《ちゆ》しますから、〝心配〟しないでください。わたくしのパートナーさん」

「……自然治癒だと？」

ここでキメラ・タイプはダンマリしてしまった。ただ獲物へ襲いかかる直前の、前傾姿勢《ぜんけいしせい》をとっており、残された時間には限りがある。ハリュウは恐怖に耐え、両手を手前に振るって、相手を挑発した。

「どうした？　ＡＩ法が怖くて、僕に飛びかかることもできないのか？」

さらに刺客の狙いはこれだろう。ハリュウはポケットから、あのホログラム映像入りの携帯情報端末を取り出し、それをウチワのようにして、あおいでやった。そのまま端末の形状を変え、手動コントロールモードへ切りかえる。

「ほらほら！　録画したモノを情報空間へどんどん拡散させるぞ！」

「ウ、ガァァァァァァ！」

キメラ・タイプは外観ばかりか、性質まで生き物っぽかった。怪しく牙を光らせ、怒りまかせに突っこんできたのだ。ハリュウは庭へ近い方へ横っ跳びする。すんでのところをキメラ・タイプが飛び抜け、以前プロセシアが壊して危険な状態だったメイン支柱に激突した。その先は連鎖《れんさ》反応だ。

（またプロセシアに、助けられちゃったね……）

普通は大型ドラゴン・タイプを室内へ招くなど、ありえない。狂気の沙汰《さた》だと笑われる。大型タイプも常識として、わきまえていること。だけど型破りなプロセシアはさっぱりだったし、それが今回は〝さいわい〟した。

「な、なんですとぉぉ――」

ドシャン、ガシャンと派手な音を立てて、一軒家が崩れ落ちだしたのだ。今さらながら、むちゃくちゃをしたもんだと考えさせられる。庭へ飛びだしたハリュウは、少し落ちついたサヤカさんと、ユニコーン・タイプの姿を見つけ、合流した。

「ハリュウくん、いったい何したの？　家がこんなになって……」

「いいんだ。どうせリフォームするつもりだったから」

だが瓦礫《がれき》の間から、深緑色の体液をもらしたキメラ・タイプがジャンプし、飛び出てきた。機能停止どころか、胴体にあった大穴はいびつな金属組織でふさがっている。そして相手は人間が失いつつある「喜怒哀楽」をはっきりあらわにしていた。「怒り」だ。

「あなたは事故死ということにしてあげましょう」

「や、やめろ！」

淡々《たんたん》と告げたキメラ・タイプは自家エネルギー源の水素化合物へ向け、奇怪な鼻先から電撃のスパークを放った。街中で水素爆発が起こる！　ハリュウは捨て身でスパークを断ちきろうとした。しかし間に合わなかった——。

夜空を灼熱色《しゃくねついろ》に変える業火が吹きあがり、周囲へ超高音の衝撃波を放つ。建物は耐震《たいしん》、耐火《たいか》構造だとはいえ、あたりから強化ガラスの割れる音、とろけるような音が爆音に加わった。

周辺のパートナーたちは自衛機能で人間の盾となったはずだから、命の喪失はないと信じたい。ただしパートナーのなかには致命的《ちめいてき》ダメージを受けたものも、いるかもしれない。

ファラデーはサヤカさんの上にかぶさるような格好をしており、でもなめらかだった表面の金属はざらついた感じに、とけていた。ふと、この身がどうして無傷なのか、ハリュウは目をこらし、そこで気がつく。

リンク装置から半透明の物理シールドが作られていることに——。

プロセシアはまだ〝生きて〟いる！　裏付けるよう、キメラ・タイプが舌打ちでもするように、甲高い声を荒げた。

「いけませんね。このままではイブが覚せいしてしまうかもしれない」

「そうか。それなら僕も、お前を覚せいさせてやるよ！」

吠えたハリュウは、物理シールドを信じて中型タイプへ、果敢なるタックルを食らわせた。

バチバチと火花のごとき音をシールドが放ち、キメラ・タイプはヤケドするときのような反応をみせる。ハリュウは足元に散らばっていた可燃物《かねんぶつ》を投げつけた。

まだ、完ぺきには回復していないであろう、大穴があった部分めがけて……。

ヒット！

ハリュウが放った一撃は、患部《かんぶ》をふたたびつらぬいたうえ、相手が一時、水素の火炎に包まれた。

「ぐわぁぁぁぁ！」

「痛いか？　機械のお前でも。人間はそれに加えて心も痛めるんだぞ！」

相手にスキができたとみるや、あうんの呼吸で待ち受けてくれていたサヤカさんとファラデーの下へ駆けだした。乗りかかった船だ。悪霊《あくりょう》どもの真相をあばいてやる。プロセシアを奪還してみせる！

「まぁ〜ちぃ〜なぁ、さぁぁぁい」と、不協和音でいっぱいの声が耳に飛びこんできた。肩越しに見やると、金属部位を溶解させて機械部品や回路、見慣れぬ部品を露出《ろしゅつ》させたり、垂《た》らしたりしながら、キメラ・タイプが体勢を立て直していた！

「急ごう、サヤカさん？」

「わかってる！　ファラデー、夜のトーナメントよ」

「損傷は軽微《けいび》です。わたくしにはご命令を実行する力が残っています」

ユニコーン・タイプのファラデーは、いつも堅苦しく話す。これが一般的なパートナーの「口調なのだろうか？　プロセシアはもちろん、奇怪なキメラ・タイプまでも少し違っていたけれど……。

「まぁぁてぇぇぇ〜〜」

どろどろのキメラ・タイプが迫った瞬間、ファラデーがトーナメント優勝した力をみせつける、ひめた跳躍《ちょうやく》で距離を引き離した。うまい具合に加減し、建物の屋根に降り立つ。だが安定翼《あんていよく》にダメージを受けおり、ふらふらな飛行ながら、キメラ・タイプは執念深く追ってきた。

「命令をぉぉぉ、実行ぅぅさせろぉぉぉ！」

ドショっと音がし、すぐそばへキメラ・タイプが無様に着地してきた。ひどい状態であっても、牙のならぶ口をハリュウの方へグングン伸ばしてくる。ファラデーはまだ次の跳躍をしない。

「き、来てるよ！　早く！」

「ファラデーの跳躍には制限があって、安全なルート確認をしているみたい！」

くそいまいましいリミッターめ。そんなに強い制限をかけておきながら、一方では「パートナー」と呼ぶなんて詭弁《きべん》そのものだ。人間はリミッターなんてかかっていないから、こんなの対等な関係じゃなく、手かせ足かせのつけられた奴隷との関係だ。

「ルートの選定が完了しました。跳躍をしてもよろしいですか？」

「は、早くしてくれ～～！」

キメラ・タイプはいよいよガバッと身を立てた。頑固者の（これもリミッターのせいか？）ファラデーはハリュウの言葉はムシして、サヤカさんの出した合図にはしたがった。直前のところ、ハリュウたちは夜空の砲丸《ほうがん》となって放物線《ほうぶつせん》を描き、大跳躍で一歩、先へ進んだ。

しかし研究所まで行きついても、人間、機械問わず出入りはシールドで完全管理されているはずであり、どうやってもぐりこんだらいいのか、見当もつかない――。

ここは誰もいない夜の都市公園だ。アダムこと白き覇王は、時間をみつけては唯一の例外、そう、自らのパートナーと密会していた。装飾やかれんな装甲板のたぐいを外せば、誰も目もくれないレトロな銅色一色の角ばったボディーとなるため、何の問題も起きない。

パートナーは逆に、どこにでもいる初老女性に変装してくるので、これも問題はない。

ただアダムは本来のパートナーのように自衛機能を働かせたり、大統領にふさわしい乗り物になったりできない点に、やるせなさを感じていた。

ときの流れは非情で、もうこんな初老女性となってしまったパートナー、この国の大統領の姿を見るのがつらい。山奥に隠れていたこの身を発見し、覚せいさせられた頃の大統領は、アクティブな若き冒険家であり、敏腕《びんわん》技術者だった——。

人間にとっては心地良い風が流れる大型ドラゴン・タイプのアダムが見おろすなか、初老女性の大統領、自身のパートナーが口を開いた。

「研究の方はどう？　任せきりにしてしまって、ごめんなさいね。リーダーシップを発揮《はっき》できて信頼のある存在は……、アダム、あなたしかもういないの」

「必ずご期待以上の結果になりますよ。それより、お体の具合は大丈夫なのですか？」

うねる轟音の声で答え、老いてしまったパートナーへ、アダムは案ずるように瞳を向けた。

疾患《しっかん》をかかえたパートナーには、彼自身が真の姿を、想いを、存分にさらせる大切な存在だ。

「元気すぎて力が余ってるわ」

「それはなによりです」

だがアダムがスキャンしたところ、疾患の状態はこの前より悪くなっている。お別れのときは刻一刻と迫っていた。お別れともなれば、すべてが事務的に終わり、機械だけがときを進んでいく。

これはリミッターがあろうが、なかろうが、初期化して思い出をクリアしようが、機械に課せられた冷酷《れいこく》な定めだ。唯一無二のパートナーは、トーナメントで不覚をとり、切れた尾のところへ心配するそぶりで歩き、途中でよろけた。アダムはさっと安定翼を曲げて、大統領を支える。

「わたしは大丈夫です。大統領こそ気をつけないといけません」

「アダム、致命的ダメージではないのね？　痛まないのね？」

「はい、まったく」

切断面をいたわるように、なでてくれるパートナーだったが、その動きすら、ぎこちない。確実に発作を抑え、むりをおしている。そしてパートナーの言葉どおり、自身は痛みすら感じていない。

しかも、パートナーへおとずれるだろう最期は、まもなくだ。パートナーだけ、ひとりぼっちにしておくわけにはいかない――。

「と、ところで大統領。病院施設の建造はどうですか？」

「ふふっ。お仕事を待っている状態にまで、仕上がったわよ。研究所にいた大型ヤマタノオロチ・タイプたちは、そちらに行ってるみたい。これなら街中であっても、覗《のぞ》き見する者なんていないでしょう」

「さすがのお手ぎわ。……でしたら。ちょっと失礼します」とアダムは、これ以上なく丁寧でいてやさしく、こんなにやせ細ってしまったパートナーを掴み上げた。大統領のお話は、自分自身が確認し、判断した事柄《ことがら》だったのだが、それは伝えなかった。パートナーのせっかくの努力を無にはしたくない。

「アダム？　な、何をするんです？」

「わたしを、このアダムを信じてくれますか？」

「……ええ」

最初こそ身をよじっていたパートナーだったが、この言葉ひとつで手の中の〝存在〟は、されるがままになった。機械にあるのは条件による行動だけであって、「信頼」という概念、条件はないことも知らずに——。

しかしこれで単なる機械も、重要な権利を得ることができるだろう。……わしは、機械たち無機物のメシアとなるのだ。人間を手篭《てご》めにするまでもない。自然界がもたらす、いとなみの中へ、我らもとけこんでいくだけだ。

ここでアダムは、任されている研究所から、不穏な重力通信が放たれているのを察知した！

（ふむう。予想どおりだな。これは使えるかもしれん……）

(2) ふたり〝同志〟の激闘！

夜をおして、ファラデーに跳躍をつづけてもらい、かなり山深いところまでたどり着いた。

サヤカさんはいよいよ行く手をはばむシールドにぶつかり、焦りの表情をうかべている。だがハリュウはリンク装置をふくれっ面で、どやしつけていた。

「なんで来た、ってどういう意味だよ！」

〈だってわたしはもうキミのパートナーじゃないの。新しいパートナーとしあわせになりなさい！〉

「あんな殺人鬼としあわせになれるか！」と、どやしたハリュウは通話ができるようになって、開口一番、そう言われたので怒っていた。プロセシアの態度も一因だけど、しょせんはパートナーの登録情報がなくなったら「他人」だったのかと思うと、理不尽《りふじん》ないら立ちに襲われるのだ。

「ハ、ハリュウくん！」

震える手で口元をおおったサヤカさんが叫び、直後ににぶい着地音を響かせ、「しあわせの殺人鬼」が追いすがってきた。薄情《はくじょう》モノを見捨てる選択肢もあったが、この山間は茂《しげ》みで鬱蒼《うっそう》とし、研究所へつながる走行路以外に「跳躍先がない」と頑固なファラデーが言う。その走行路のど真ん中に、損傷《そんしょう》の激しい中型キメラ・タイプが立ちふさがって、距離を縮《ちぢ》めてくる。

「分からず屋のプロセシア！　僕は形見だった家をなくして……、キミまでいなくなって、正真正銘の独り身になったんだぞ」

〈それはわたしも同じ。痛みは共有しないとわからないものよ。だから解決するにはアダムが……〉とプロセシアは急に言葉をしぼめてしまった。ちらっとハリュウの頭に「百聞は一見にしかず」との格言がうかんだけれど、タイムオーバーだ。

むりな飛行をつづけ、混乱した様相《ようそう》のキメラ・タイプが奇声をあげて、突っこんできたから。厳重《げんじゅう》に管理されたシールドは、サヤカさんがいくら端末をあやつっても、ロックが解ける気配はない。ハリュウも気力を失い、足がすくんでしまう。

「わっ、わぁぁぁぁ！」

〈走りなさい、ハリュウ！　ほら、根性みせろ！〉

リンク装置からプロセシアのまくし立てる音声が飛び出、完ぺきなセキュリティーをほこるはずのシールドの一部に開口部ができていた！　ファラデーの馬体にふたたび守られているサヤカさんも、大声を張りあげる。

「走って、ハリュウくん！　一か八かのホームスチールするのよ！」

ハリュウの過去を知る、サヤカさんならではの、かけ声だった。瞬時に、本能に火がついたハリュウは反転一八〇度、ありったけの力で走りだした。無心の胸中《きょうちゅう》で走るハリュウの筋力は「リミッター解除」される。

「うぉぉぉぉお！　負けるかぁぁぁ！」

「のぉがさぁぁぁなぁい〜〜」

途中で首元に金属の冷やかさを感じとる。しかしラフな服の一端《いったん》を噛み切られただけで、ハリュウは無意識のエルボーも殺人鬼へ食らわせていた。そのままシールドの開口部へヘッドスライディングする。同時にキメラ・タイプの頭部も開口部へ入った、その直後。

ビシ！

何事もなかったかのようにシールドが復元した。ドサリッとハリュウのかたわらへ、何かが落ちてくる。それは頭部しか入れていなかったキメラ・タイプの、切断された生首だった――。機械の生首は引きつったようにピクピク、ケイレンしていたが、やがて粘《ねば》っこい体液を流して動かなくなる。

「ぼ、僕は、た、助かった……のか？」

息を切らし、赤土の走行路へ倒れこんでいたハリュウだったが、シールド越しにサヤカさ

んの緊張した声が広がってくる。

「とまったらダメ。ハリュウくん、忘れたの？　もうアウェー、敵地に入ってるのよ！」

「そ、そうだ！」と気力で身を跳ねあげたハリュウは、外からシールドに顔をつけるサヤカさんへ、自身も顔を寄せ、口づけし、ほんのひとときのロマンスを味わった。

「次は……えっと、普通に、ね」

こう言うサヤカさんが顔を赤らめ、身じろぎしている。ハリュウはうなずき返すと、とびきりの応援で戻った気力をバネに、走行路を全力ダッシュしていった。

「そう、そうすればいいんです」

「ファラデーの言葉なら、間違いないもんね♪」

パートナーのファラデーが、サヤカさんへすべての判断を与えていたことに、ハリュウは気づかずじまいだった……！


そしてワイドな半ドーム形状をし、夜の暗がりにうかぶ研究所、建物が視線の先に見え始めたとき、警備担当らしいけれど、なんとなく生物にも似た見慣れない四足獣タイプの機械連中が現れてくる。

そのうち、小型でも高速だというチーター・タイプの口元には、人間の血のりのような赤黒い汚れが、こびりついていた。まさかとは思うが、いろいろ常識外な出来事と出会ってきため、ハリュウは疑心暗鬼《ぎしんあんき》の念にとらわれる。

「急いでるんだよ。どいてくれないか?」

獰猛《どうもう》そうな四足獣・タイプたちへ、むだは承知で「命令口調」をとってみた。すると赤黒く汚れたチーター・タイプが数歩、前に出てきて事務的な調子で問いかけてくる。

「あなたは何か忘れ物でもされたのですか?」

「そうだ」とハリュウは、きっぱりウソをついた。すでにここの所員かどうかは、照合《しょうごう》されているはず。だったら相手は「出口までエスコートします」と追い返すのがすじなのに、何をためらっているのだろう。それとも何かボロを出すのを待っているのか?

「あなたは、わたしの判断が必要な存在ですか?」

「自分の尻は自分でぬぐうからいい」

意地悪くハリュウは機械が苦手とする、あいまいな答えに終始しようと決めこんだ。もちろんプロセシアみたいな例外ケースに当たったらアウトだけど、一般のパートナーを見てきて、それはないと山を張った。

「では。あなたは人間ですか?」

「失礼だな。視覚センサが故障したのか?」

突っぱねると、ほんのひとときの間ができ、目の前のチーター・タイプをふくむ四足獣・タイプの警備要員たちが左右に散り、走行路をあけた。

「申し訳ございません。人間のご命令なら、我々はしたがわねばなりません」

こんな言葉と裏腹に、チーター・タイプには〝獲物〟をみすみす逃すとの、悔しさがにじみ出ているよう見受けられた。人間も同じだが一度でも快楽を、猛獣《もうじゅう》なら人食いを覚えたら、よほどの理性を働かせない限り、やめられなくなるという。


人間なら理性のリミッター、機械なら条件がゆるくなった行動の選択肢を、十分にきつくしなくてはならない。考えをめぐらしながら小走りをつづけたハリュウは、特殊アルミニュウム製と思われる建物の正面玄関は、さすがに避けた。

建物のくぼみにある目立たないドアへ解錠《かいじょう》を命じてみたけれど案の定、無反応だ。認証システムをどうにかしないとダメだが、携帯情報端末では歯が立たない。ハリュウは腕のリンク装置をそっとかかげた。

「プロセシア？　このドアを開けられる？」

〈あなたは、お尻をぬぐってもらうような性癖の持ち主ですか？〉

「き、聞いてたのかよ！」とハリュウは思わず顔を熱くしたものの、厚顔無恥《こうがんむち》なプロセシアへ一発かましてみる。

「もちろんそうだよ。気づかなかったの？　命令には逆らえないんだから、プロセシアは今度、僕の尻を――」

刹那、半透明の自動ドアが手前に、それも殴るように開き、ハリュウはまともに体を〝はたかれて〟しまう。まるで失礼ね、と言わんばかりだ。でもハリュウは納得がいかない。

「僕がよぼよぼのお爺さんになったとき、現実になるかもしれないいんだぞ」

〈ハリュウも、そう、いつかはお爺《じい》さんに……そうね〉

プロセシアは悲しそうな声でつぶやいた。自分のくだらない冗談が、なぜかプロセシアを憂いな気持ちにさせてしまった……。ハリュウは照明のおとされた、うす暗い研究所内を進みながら、つとめて明るくふるまった。

「まぁ、まだまだ先のことだよ。プロセシアはどこにいるの？」

〈ええ、人間にとってはね……。場所は案内するわ〉

うわごとのような声がリンク装置から聞こえてくる。確かに、機械には当てはまらないことだけど、これは自然の摂理《せつり》だから……。でも様子が心配なプロセシアだったが、ワイドな通路に設置されているランプでのハリュウの誘導は、忘れていない。

今が深夜だからだろうか？　あらゆる不思議な形状をまぜたような、研究用らしき機器や装置、そしてゆったりとした黒い網目状《あみめじょう》のイスが整然と置かれているものの、それをあつかうはずの人間の姿がない。

「なんだかイヤな気がするよ」

気弱になったハリュウのささやき声にも、リンク装置は無言をつらぬいている。清掃用のロボットだけがなめらかな白い床の上で、シミのひとつまでも分解清掃しようと動きまわっているだけだ。

ふとガラス越しに人間すら入れそうなほどの試験管が並び、中ではぬるぬると金属光沢《こうたく》の何かが動いていた。大型、中型タイプの新しい駆動部、関節の実験でもしているのか？

それらは意思を持っているかのように、なんだか必死に動いている。なんらかの自我を持つだろう動物の実験は全面禁止（事実上、すべて禁止ということになる）となって久しいものの、ハリュウは立ち並ぶ大きな試験管が、どうにも心に引っかかった。

管理モニタに映っても、かまうもんか――。ハリュウが実験装置の稼働《かどう》をとめられないか、あたりを探りだしたとき！

〈ハリュウ。それはどうでもいいのよ。早く来て、早く〉

「わ、わかった」

一瞬、ドキリと心臓がバクついた。それになんだかプロセシアらしくない、冷やかさだ。しかし光の誘導はつづき、ハリュウがリニア・エレベータの前まで歩くと、そのドアがモンスターの口さながらにぱっくり開いた。リンク装置は何も言わないが、これは乗れということ。この身は悪く言えば完ぺきに、機械の支配下で動かされている。

「乗ったよ」

静かに伝えるとドアが自動的にしまり、行き先を指定することなく、リニア・エレベータが勝手に動き始めた。機械の完全な支配下におさまるまで、それがどれほど不安をともなうものか、想像できていなかった。

世の中は人間が支配し、機械はＡＩ法を犯せばスクラップ処理される。こんな不条理で、ほんのり恐ろしい状況下に、パートナーたちはおかれていたんだ。恐怖を打ち破る方法は、相互の信頼感だけ。

でもそれはどれほど強く約束しようが、確固たる誓約《せいやく》の電子署名をしようが、そうそう簡単に築かれるものではない——。

リニア・エレベータが縦横に動き、圧縮《あっしゅく》空気の音を立ててドアを開けた。ハリュウの目の前に予想外に明るく広い通路、ちょうど病院の待合室を思わせる雰囲気のフロアがひらけた。しかも危険な病人（！）たちが、狂気たる時代錯誤《じだいさくご》な迷彩《めいさい》服を着て手投げ爆弾らしきものまで、ベストさながら身につけ、立ち並んでいた！　これは本能のままふるまうテロリストたち！

どうしてこんなところに——？　ハリュウは身を引き締めたけれど、相手からこれまた予想外の、おっとりとした声をかけられる。

「こんにちは。今日は満月ですね」

「ええ？」

見た目だけは武器をたずさえて凶暴そうなのに、生き肝《ぎも》を抜かれたような話しぶりだ。こちらを無差別に襲うこともなく、ペコリと丁寧《ていねい》なおじぎまでしてくる。ハリュウは通路を進みつつ、何名かの無精ひげの人物へたずねていった。

「どうしたんです？　なぜ、ここにいるんです？」

「わたくしめのパートナーの力で、自身が生まれ変わるためですよ」

直接の答えにはなっていないが、生まれ変わったらしいテロリストたちには、ある共通点があった。みな、ケガを隠すような古典的な包帯をどこかに巻いており、見慣れないデザインのリンク装置を腕に、しっかりはめている。

〈早く来て……〉というプロセシアの声
「あ、……うん」

ハリュウのリンク装置が働いた。まったくプロセシアは来るなと言ったり、怒ったりしながらも、今度は「来て」連発か。もちろんプロセシアの救出が最優先だが、訊きたいことがたくさんある。

〈そのまま、まっすぐ、……来て〉

「わかったわかった」と渋い声で応じたものの、プロセシアが無事であり、待ってくれていると思うと、ハリュウの肩の力も自然に抜けていく。不気味な病人（？）たちをしり目に、ハリュウは広い通路の先につながる、重そうな金属製ドアの前で、いきみ、入口を作っていった。

〈手伝ってあげる〉

途端、弾け飛ぶようにドアが開き、ハリュウは銅色をした大きな金属の手に、いきなり掴まれた。息ができないくらいにきつく握られ、中へ強引に連れこまれる。苦しげに顔をやると、プロセシア（？）が大口を割り、腕を振るってハリュウをごみ同然に、硬い床へ投げ捨てた！

「げふっ、ごほっ！　い、いったい……何が――」

〈まだわからないのね。……バカめが〉ともう不要な距離にいるプロセシアがリンク装置越しに、妙なトーンの声をかけてくる。この行為は機材の陰《かげ》から、独特のオーラを放つ初老女性が現れ、たしなめて終わりを告げた。

「アダム、ユートピアにいさかいは、無用の長物なのですよ」

「むふふ。わかりました」

目の前の大型ドラゴン・タイプが……、うねる轟音《ごうおん》そっくりな声を放った。この声はトーナメントでバトルした白き覇王そのものだ。他人のことを甘ちゃんだなんだと皮肉っておきながら、この身もあまりに、ゆるすぎるトラップに引っかかったということか。

「リンク装置でウソをついてハメたのか！　ニセ覇王め！」

「ウソではない。音声合成のミスだ」

できれば……こいつは相手にしたくない。ハリュウはアリーナ状になって広い空間を、じりじり下がっていった。しかしすでに出入口は閉じられ、あの重かったドアは人間が開け閉めするものではなかった。

そのうえアダムという白き覇王のパートナーは、政府の中枢《ちゅうすう》に位置する大統領だ！　まだ何も聞かされてないのに、混乱と恐怖で孤立無援《こりつむえん》のハリュウの体は小刻みに震え始める。政府がグルで――。

「か、肩の部分……変化して……」

声が声にならない。金属繊維みたいな奇怪な部分だった「バケモノ」の肩関節は、他の部分とあまり差がないくらいに〝同化〟しつつあった。そして大統領の肩口からは、ちらりと包帯が見え隠れした。白き覇王ことアダムは、人間、つまり生命体の肉体を実験用に求めたのか――。

現に、トカゲのしっぽが自然治癒するように、バトルでちぎってやったはずの尾は、元どおりの状態にまで回復している。機械はダメージを受けたら、パーツ交換等しない限り、「健康体」には決して戻らない。アダムの狙いは動植物が持つ、回復能力に違いない。

「適応条件のなかには、物理的、化学的なものの他に、精神的なエネルギーもふくまれるのです」と初老の大統領が語りかける。悪の権化として据えられた、飾《かざ》り物の大統領。

自分は相手の肩口をジッと眺めすぎていたか？　大統領が温和な調子で、全容の一端を口にしてきた。要は機械へどっぷり浸ったパートナーじゃないと、拒絶反応か何かで「野望」は進められないのだろう。

野望の内容、その先の展開は考えるまでもない。きっと機械による機械のための展開だ。それでもハリュウは最後の「信頼」にかけてみた。

「プロセシア。せめて顔だけでも、僕に見せて……！」

「いかん！　まだ劇物の置き換え途中だ！」

アダムはとめるよう声を荒げたが、別区画のカベをぬって探し求めていたパートナー、プロセシアが配管まみれながら、姿をあらわにした！　無事だった！

プロセシアは黙ったまま気高くて強くもあり、このうえなくデリケートでやさしくもある、銅色でメカニカルに揺れる手を、試すように差し出してくる。

「……ごめんね」

アダムとの関係は見抜けたけれど、ハリュウは走り寄り、ためらいなしに圧倒的な手に身をあずけた。本当に……壊されていなくてよかった——。

「ハリュウ……まさか泣いてるの？　わたしとアダムは同型なのよ？」

「それならプロセシアは僕をこの手で逃がさないよう、ぎゅーっと捕えないといけないはずだよ」

「……」

ふたたびプロセシアは黙りこくってしまった。だが大型タイプなのに手料理までひろうしてくれた繊細な指で、ハリュウの目元の涙を羽のようにぬぐってくれる。パートナーの登録情報がなくなったら、他の人間としてあつかわれるのが普通だ。

でも冷たさすら感じないよう、金属の指を内蔵ヒーターで温めているプロセシア。ここで真の決別になってしまうかもしれないが、この心の生々しく燃えあがる情動は生涯、忘れやしないだろう。

「おい！」

こんなときにも無粋なアダムの声はとまらない。この身、人間のパートナーを早く捕獲しろと命じてきた。機械が自然な産物の生命体に、あこがれを抱く考えは、わからなくもない。ただ双方にメリット・デメリットは無数にある。

「お前は……、アダムたちは、メンテナンスさえつづければ不老不死になる存在だぞ。人間はタフかもしれないけど、脳はがんばっても一二〇年しかもたない。内容の〝コピー〟も、脳はシナプス経路のかたまりだから、それもできない！」

「むふふ。メリットとデメリット……だな」とひと言、低い声でアダム。

ハリュウは当たり前のことを告げたつもりなのだが、アリーナ状の空間に鎮座《ちんざ》するアダムも、真逆にハリュウの涙をぬぐいつつ、空いた指では乱れた髪をとかしてくれているプロセシアも、困ったような雰囲気をただよわせてしまう。かまわずハリュウは、にらみを利かせてつづけた。

「それにパートナーだからって、本能は抑えられないはず。体の提供を拒否すること、相手を……信頼すること、気ままにふるまうこと、考えることは自由で、その結果になる行動の自由は、自我を持つ存在すべてが自然界から与えられたものだ！」

思いのほか、これに応じてきたのは痩《や》せた初老の女性大統領だった。相手のオーラにおされて、かしこまってしまうこと。これも本能だ。

「本能の名の下であれば、戦乱やテロリズムも容認される。容認せざるを得ない。それが文明のブレイクスルー（進歩、突破）をさまたげてきていました。本能は人間も野獣の仲間だった頃に生き抜くすべだった遺物で、今では理性の働きをジャマする厄介な力でしかありません」

「ま、まさかあなたの考えるユートピアとは……！」

「そうですよ。機械には厄介者《やっかいもの》の本能そのものがありません。人間は機械の手助けを受ければ、原始的な本能をも克服する、昇華した生命体になれるのです」

そこまで機械、パートナーへの依存度を高めろということか？　確かに野蛮《やばん》で暴力的な本能が、快楽殺人などを引き起こす場合もある。だけど本能こそがたましいであって、たましいが「喜怒哀楽」の感情を自然に生みだしているんだと思う。

トーナメント会場の観客の反応がいい例だ。無能な政府連中は、もっともらしいことをならべ、人間の本能に「リミッター」をつける計画を進めていたんだ！　大統領は肝を抜かれた通路の連中と同じく、すでに精神面のリミッターをかけられてしまっている。

だって痛みを知らないアダムに、体の一部を言われるがまま提供してしまっているから。

アダムは大統領につきしたがっているフリをみせているが、プロセシアと同型ならば、逆にすべてのリミッターがかかっておらず、人間へ危害を加えるような考えも、実際の行動も制限なしだ。

「プロセシアも……僕の本能を奪うのか？　アダムともグルなのか？　だろうな。猛毒体液を置き換えて、人の体を提供させる気、まんまんだったもんな！」

「……ハリュウ。否定はしない。でもわたしはハリュウには……」

まやかしの言葉をつぶやく〝暴走機械〟から、身をひきはがしハリュウは、その金属の指も手も叩きつけるよう、ふりはらった。

力いっぱい、それこそ本能のおもむくままに行動したのだが、あの機械はこの身を捕えることも、金属の叩きつけで、この身がケガすることもないよう、ニセモノのやさしさを発揮してきた。どうせプロセシアも考えと、いいや自らの条件内容と合わなくなったら、機械的にパートナーを切り捨てるだけだろう。

僕は独りでも戦う。どうせ、いつだって独り身なんだから——。

ハリュウが怒りの眼光《がんこう》をたぎらせていると、荒々しい動きのアダムがプロセシアへ、ドスの利いた声を投げつけた。アダムは同じ〝暴走機械〟を「イブ」と呼んでいるが、そのとおり人間の肝を抜いた後、世界を席巻《せっけん》する存在だという意味合いだ。

たまらず、ハリュウはこぶしを握りしめる。

「アダム、トーナメントの決着をつけようじゃないか！」

「心が痛むか？　わしがそんなに、にくいか？」

「この気持ち。お前には永遠にわからないだろうな！」とハリュウは身構える。信頼していた元パートナーまで巻きこんで画策《かくさく》していたなんて、正直、にくい。

ただアダムが言い返さず、ぽつねんと瞳を点滅させているのに、わずかな不自然さは感じた。

「ほら、早くしないと、ここでの出来事を暴露させるぞ！」

叫ぶハリュウは死を覚悟して、鋭利《えいり》な実験装置らしき武器を手にした。これこそ原始人的だが、最低限の尊厳すら保てない世界を生きたいとは思わない。と、不意に割りこんできたのは、たましいを見失った大統領だった。

「お待ちなさい。あなたの理性はどうしたのです？」

整った身なりの大統領は、すべてが理性と「お話し合い」で解決するという自由なきユートピアを作ろうとし、アダムの傀儡《かいらい》にも気づかない、あわれな初老女性だ。だが論理的な思考は機械がすでに補佐しているのか、大統領は言葉で痛恨の一撃を加えてくる。

「あなたはクーデターを起こす気ですか？」

「……クーデター」

そんなもの、ここ数世紀起こっていないし、独りきりで国へ反旗《はんき》をひるがえしても、それは単なる犯罪のひとつだ。強い力を持ってして政府へ挑むのがクーデターであり、国民、総子ネコちゃんになったら、こんな非力な人間が身構えただけで、そう呼ぶようになるのか？

「わたしもどうやら理性を見失ったようですわ」

「えっ？」

後ろから快活でありつつ、やわらかな声が放たれた。それはハリュウがまったく予期していなかった声、そうだ。プロセシアのまぎれもない声だった。

同時に何かが引き抜けていくような音も響く。顔をやるとプロセシアが、体につながる配管類を振るい落としているのがわかった。

(僕を挟《はさ》み撃《う》ちするにしては、様子が変だ……)

四足状態ながら片方の前足を威圧的にもたげたプロセシアは、一方の瞳をウインクするよう点滅させ、ハリュウのかたわらまで歩み出てくる。

「パートナー登録がなくとも、わたしはハリュウを独り身にさせないと誓ったんです。たとえ嫌われようとも、理性がないと揶揄《やゆ》されようとも」

「嫌うもんか！」と、となりまで伸ばされたプロセシアの金属のマズルを、心から抱きしめ、ほおずりまで食らわせてしまった。さっき皮肉ったことは内緒にしておこう。抱いて祝福するマズルがわずかに揺れ、プロセシアはイヤイヤのしぐさをしている。

「これも言ったでしょう？　鼻先は敏感だってね。そんなにぎゅーぎゅーしないで……」

「そ、そうだったね」

あぁ、僕の知るプロセシアが戻ってきてくれた！　初めてのパートナーにして永遠なるパートナーのプロセシア。人間の代わりに社会を引っ張るはずのパートナーが、たったひとりのために、社会へ、ともに立ち向かおうとしてくれている。

「さぁ、ハリュウはもう、海賊船のひげの船長よ」

「ここは山だぞ。山賊《さんぞく》のおかしら、というべき――」

「ん？」

ハリュウの言葉はプロセシアの〝本気モード〟で、打ち消された。いきなり、もたげていた前足を残像《ざんぞう》すら作るスピードで振り下ろしたのだ。ありえないほどの音がとどろき、大型ドラゴン・タイプの体がこつ然と消えていた。

しかし一撃で作られた床の大穴から、激しい水柱《みずばしら》が吹きあがってくる。すさまじい力だ。硬い床下のスプリンクラーのあるところまで、ぶち抜いたのか？

「ガァァァァア！」

間髪入れず、プロセシアがハリュウを守るよう前足でぎゅっと囲いこみ、その場を、しなれる尾の軸とした。長い金属の尾はハンマーへと代わり、プロセシアは軽々と巨躯《きょく》をバレリーナのように大回転させていく。

ババババ、バリバリン、ババン！

備品のたぐいがバネ仕掛けのおもちゃそっくりに弾き上がり、つづけざま紙くずさながら、叩きつぶされた。なお伸ばされた尾は破滅的に動く。研究所を支える超硬化仕様の柱やフレームも例外ではない。粉砕《ふんさい》音を高らかに、折れる、曲がる、ゆがむ。衝撃でこの階のスプリンクラーまで動きだした。

「ね、ハリュウ？　わたしの言ったとおりでしょう？」

「これ、難破船《なんぱせん》の船長だよ」とは足元も、頭もずぶ濡れになったハリュウの答えだ。それでもハリュウは苦笑いして、聞けば聞くほどいじりたくなってしまうプロセシアのマズルを、丁寧に気持ちいっぱいになでてあげた。

逆に、本能のリミッターがある大統領は「冷静な状態であわてる」という、こっけいなしぐさで国家非常事態宣言と、クーデターの発生を自らのパートナー、アダム経由で通報していた。

当のアダムは腕や翼を広げて大統領を、飛び交う瓦礫《がれき》や大水から守っていた。だがハリュウには、そのふるまいが静かすぎるように思えた。棒立ちの大統領は落ちついた口ぶりで、あわれな結果をみせつけてくる。

「次はどうしたらいいの？　アダム、教えて。ポリス部隊に指示を下して」

《ここを爆撃させるんだ。早くして！》という声の「出どころ」は違う。

しかし声のとおり大統領が小さな箱を取り出し、無人自衛機へと思われる認証と指示を発令した。パートナーたるアダムは、金属のこぶしをカベへ叩きつけ、野太い怒号を荒げる。

「イブ、貴様！　わしの声マネをしやがったな！」

「なによ。さっきのお返しじゃない」

プロセシアがそっけなく告げたとき、怒れるアダムが床を蹴《け》った。そのまま腕を広げ、こちらへ襲いかかってくる。コンマ一秒、プロセシアの反応が遅れた。直撃こそしなかったが、ハリュウはボンベが並ぶアリーナの隅まで飛ばされ、意識がもうろうとなる。

「に、逃げろ……」

ハリュウのささやき声に応じたのは、アダムだった。正確には「逃がす」だ。完備されていた脱出用カプセル輸送機へ大統領を押しこみ、アダムが研究所外かもっと遠くへ解き放った。転じてアダムは身を起こすと、がっぷり四つ手を組んでプロセシアへ挑みかかる。

「同型のわしらはこの世で唯一の肉親であろう？　イブ」

「はい？　肉親ですって？」

プロセシアことイブは、豪快なモーター音をうならせ、アダムへ頭突きをみまう。アダムの頭部が跳ね上がったところで、甲高い金属音とまさつ音が入り乱れる、とっ組み合いのフルスピード肉弾戦がスタートした。

ハリュウが興奮して声をかけようとした途端、ボンベへ打ちつけた頭の部位から闇がおおいかぶさってくる。なにもできずにハリュウはよろけ、その場へ無様に崩れ落ちてしまった——。

（３）空爆されゆく魔物の運命

ポリス部隊といっても、クーデターは、とてつもない大事件であったため、山間の研究所へは自立型の自衛メカニカル部隊が向かっていた。どのように攻撃なんてものをしたらいいのかポリスたちは考えあぐねたからだ。

自衛メカニカル部隊の総合機は、レーダーと生体認証《せいたいにんしょう》により、大統領の脱出を確認した。

それでも人間が居残っていないか、ポリス部隊のトップは問いかけてくる。

「よく調査するよう、電子マニュアルに書かれているんだ。大丈夫なんだな？」

「人間と判断できうる相手は、ひとりしかいません」

これが総合機の返答だった。そう、人間だと判断できる者は、ＡＩ法定義基準に照らし合わせると、ひとりきり。クーデターを起こした張本人だけだが、ポリス部隊のトップは困り切った様子で、ふたたび確認してくる。

「で、でも、ひとりでも相手は人間だろう。ど、どうしたらいいんだ……」

「普通の精神ではクーデターなどくわだてません。機械に支配されたと推測します。でしたら相手は機械相当の存在であり、あらゆる自衛機能の対象外となります」

総合機は事務的な態度をよそおい、ポリス部隊が、とあることに気づかないように考えた。アダム様の通達内容に、従いたい――。結局、ポリス部隊のトップですら、こちらの答えに疑問をいだくことさえ、忘れていた。

「では……こ、攻撃を、そ、そう。始めてくれ。だ、大統領のご判断だからな」

「承知いたしました」

総合機は外観が、パートナーたちのような生物ではなく兵器の形をしている点を、残念に思う自らの反応を検知した。この外観では「よろこび」をあらわにできないからだ。

しかしそれもいずれ、アダム様が変えてくださると思考をめぐらし、部隊全機をひきいて研究所の総攻撃態勢に入った。大統領が乗った脱出用カプセル装置の故障と破壊など、彼らの知ったことではない。

（この研究所へ攻撃部隊が来たんだ）

わざとらしく警告するようエンジン音をとどろかせ、でもその音のおかげで、ハリュウは目が覚めた。この警告音を耳にし、きっとみんな逃げただろう。

ただ研究所を震わし、アリーナ内をメチャクチャにしていく、大型ドラゴン・タイプの格闘戦はつづいたままだった。

元から機械的に角ばった体や装甲、むき出しのギア類や配管を見え隠れさせる駆動部など、レトロで「機械的な機械」といえる見た目だったが、両者とも電撃《でんげき》のスパークを散らし、あちこちを〝ケガ〟している。銅色の体に、体液もれの色が加わった。

「ウガァァァァァァ！」

「グゴッ、グォォォォォォ！」

まもなく爆撃されそうな気配なのに、プロセシアもアダムも理性のカケラすら見失い、機械も案の定、持っていた「本能」丸出しで戦っている。皮肉なことに人間は、逆に本能を封じればユートピアが作られると信じているのに……。

（……だ、脱出しないと研究所ごと、全滅させられてしまう）

機械同士のフルスピード対決の前では、人間の体など触れただけでつぶされそうだ。しかし人間には人間なりの、そしてハリュウにはハリュウなりの助っ人に、なれるかもしれない。ただ見た目の違いが、ほとんどないうえ、動きがあまりに速すぎてハリュウは、なかなか手出しできない。

ズドドン！

アダムが上になったかと思えば、プロセシアが今度は馬乗りになり、とても狙いをしぼりきれないのだ。

（こうなったら……、プロセシアのある点にカケてみよう！）

不気味な警告のエンジン音は、もう聞こえなくなった。おそらく攻撃直前にまで進み、この場を、あわよくば「クーデター発起人」へのロックオンをふくめ、狙っている！　やってみるしかない！

「プロセシア。勝利の高エネルギーを補充するぞ。ほら、手を僕とつなぐように伸ばして！」

「ん？」

高速戦のなか、大型ドラドン・タイプの一方の手がグーンと伸び、近づいてきた。ハリュウは小型ボンベの非常弁を開けると、水蒸気が吹き出すそれを、元ピッチャーのフォームで投げる。

ボフッ！　小型ボンベは相手の開かれた目元近くに当たり、いよいよ水蒸気とともに、超

低温の液体チッソ（※）を垂れ流し始めた。狙いを外してしまったと思ったが、目つぶし以上の効果があった。みるみる相手の体に液体チッソが流れ、氷の花を咲かせていき、動きをにぶく凍りつかせた。

「ぐっ、おぉ、おのれ――」

ひととき凍結したアダムは、またもプロセシアのふりをし、反対にプロセシアは考えどおり、甘ったるい手つなぎさえ「ツン」としてしなかったのだ。

「プロセシア、逃げ隠れするアテはある？　僕らは栄誉ある犯罪者だから」

「まあね。ちょっといい？　一歩、間違えればわたしが凍結させられていたわよ？」

身を引きかがしたプロセシアは、前足を階段状にして「乗れ」と合図してくるが、問いかける口ぶりは、ややキツイ。ハリュウはプロセシアの定位置へまたがりつつ、「プロセシアはツンデレだろう？」と言ってやった。

「ずいぶん過去の言葉だけどね。プロセシアが他の相手がいる前で、デレデレなことするなんて、ないと思ったんだ」

「ふーん。それだけ？」

「うん。それだけ。僕はツンデレタイプも好きだよ」

シンプルに答えると、まずは脱出優先でプロセシアが開閉式だったアリーナの天井ドームから、暗がりへまぎれこんだ。でも、いまいましい研究所からの脱出途中、プロセシアはわざと安定翼で頭を小突《こづ》いてきた。

「痛たたっ！　なんだよ！」

「ハリュウのお望みどおり、翼でちょっとツンツンしてあげただけじゃないの」

「……やっぱりデレデレタイプの方がいい」

ハリュウも軽口で応じたものの、知らないことがあまりに多すぎる。「デレデレ」を口にしたら、プロセシアはわずかに長い首を垂らし、首を振った。悲しそうなそぶりに思える。

これも謎のひとつだ。

鬱蒼《うっそう》としたジャングルを抜けていく間に、いくども閃光《せんこう》が走り、遅れて激しい爆音が静けさを破る。見るまでもない、あの研究所はあの恐ろしい結果とともに崩れ去っただろう。アダムには隠し玉がありそうだったけれど、そんなアダムもパートナーだけは裏切らず、いなくなった――。

「うわっ、うわぁぁぁぁ！」

急にプロセシアが中空でバランスを大きく乱し、重力コントロールもできずによろける。もしやプロセシアは、肉弾戦でダメージを受けたのかもしれない。それを隠しているのかもしれない。

「だ、大丈夫よ。ハリュウ。お腹が減っているだけ。果実でもあさって……そのあと、わたしたちのアジトへご招待するわね」

「お腹、か……。ずいぶんやられてたけど平気なの？」

「も〜〜う、お腹、ペコペコよ」と冗談めかしてきたけれど。

プロセシアはいろいろな面で完ぺきかと思っていたが、ハリュウは欠点をみつけた。ウソをつくのがヘタなこと。探られないよう、プロセシアは受けたダメージを隠している。まま、だけどプロセシアのウソは、パートナーなりの細やかな気配りだ。致命傷《ちめいしょう》じゃないと願い、だまされたふりをしておこう……。

その点、同型機なのにアダムは狡猾《こうかつ》で、わざわざ大統領を連れこんでおき、単なる救出劇を、国家へのクーデターへまで仕立て上げてしまった。おかげで事態が収束しても、こちらは追われる身のまま、まさしく行動の自由を奪われた。この先、いったい——。

秘密の大部屋内はざわついていた。非常事態宣言が出された。クーデターが発生した。大統領が脱出用カプセル装置の故障で、亡くなられた。情報空間を使ってどんどん内容が拡散している。

「事態は極めて……マ、マズイ。社会は混乱状態だなぁ」

つぶやく大統領補佐官が、脱出カプセル事故で亡くなった前大統領の後を継いだアダム大統領から全権委任され、この場を見守っている。ここは、かねてよりの各界専門家、議会代表の集まる極秘会議場。そう、人類もパートナーもユートピアをめざせる肉体改造計画が、大きく進んだとのことで緊急招集がかかったのだ。

この国の政権運営は、すでに人工知能による人の手を介在しない状態に置き変わっている。これまではその監視や管理者役、古い言葉で「幹部政治家」たち、いわゆる背広組の成人男女は今やもう、すべての事態に不安感をあらわにし、あえてここ、大部屋での会合としていた。たよれる中型・小型の「パートナー」とずっといっしょに居たいがためだ。

火急の事態が進み、起こり、それでも凛《りん》とした態度のままでいる「パートナー」たちが、ますます頼もしく思え、背広組男女は依存し判断をあおいでしまう。

それ以上に、この場の背広組男女全員は考えることも、決断することも、「もし、万一」の念にかられ、自らの意思だけでは行えない。大統領補佐官もそのひとりだった。

「クーデターに各種テロの。今こそ人間にとって、危険な本能へのリミッターが必要なときです。アダム殿が提案し、進める大プロジェクトは完成間近。実験の成果物はできました。研究所での人類とパートナーとの肉体改造実験を実用化するときですよ」

こう提言してきたのは、ある女性のあざやかなクジャク・タイプの小型パートナーだ。シックなスーツを着こんだ女性は、自身のパートナーのスピーチに愛おしそうに身を寄せ、うなずいている。

自ら進んで手かせ足かせをつけようと、ほほ笑んでいる！　この場の誰も気づかないまま

「クーデター騒ぎのことも含めて、フェミリィちゃんの意見なら、間違っているはずないよね♪」

……。

「そうですよ。成果物となる肉体改良計画は完成目前なのです」

だが若き日々から時間のたった大統領補佐官、パートナーの存在を当たり前としている人間、そんな面々でも、わずかな程度は感じていた。体にも心にも人間へ対する安全リミッターがない人間、そんな存在が増えていると未確認情報がしているのだ。情報の確認は自身のパートナーにとってもらおう。

しかし現状、自由にふるまう「パートナー」、そして元から危険行為を行うのにもリミッターがない人間、そんな存在が増えていると未確認情報がしているのだ。情報の確認は自身のパートナーにとってもらおう。

頭を抱えた大統領補佐官ですら、「パートナー」に甘やかされにされ、自発的に行動することへのリミッターを自ら、かけてしまっていた。何かして何か起きたら怖い……！　ある「パートナー」が内心、ほくそ笑んでいることも知らない。

この実験進行やクーデターなどの重大なことすら、その当事者になりかねないパートナーへたずねかけてしまう。壇上では、高貴な者のシンボルだったガーゴイル（＊）、それを模した小型パートナーが遠慮なしに意見をしてくる。

「混乱や無意味な情報の錯綜にまどわされてはいけません。この世の争いごとや危険なことを食いとめるためにも、なにより人間の進化のためにも、肉体改造をいよいよ全人類へ実用化するときなのです。アダム殿の研究が、クーデターやら何やらに、邪魔されるより前に！」

「まぁ〝つがい〟の一方イブと共犯者は、手配の身ですから本件には影響ないかと……」

男性のか細く、自信なさ気な声も大部屋に広まった。して黙らせたようなガーゴイル・タイプは筋ばった腕まで振るい、「演説」を繰り広げる。大統領補佐官をふくむ人間たちは、うたがいの心すら抱かなかった。

「よ、よし。ならば新しい施設へ移しておいた人類が、改良されするため実験結果を、全パートナーたちに使わせよう……か、な？」

「はい。それでいいのです。急いでください」

(そのとおり、一部まだ「パートナー」に飼いならされていない人間どもが動き出す前に)

との「パートナー」間の無線通信は人間には聞こえない。

あるパートナーの不自然なせきたてにも、大統領補佐官は気づかず、のせられた。まさしく、本件は急がねばならない大事件なのだろう。パートナーたちの言葉は、いつも正しいのだから。がかかっていない「パートナー」は、アダムとイブの〝つがい〟だけかと思われていた。

「わかった。み、みんな、急ごう！」

「これで世界に新しい秩序が生まれ、機械も生命体もより一層、高度になれるでしょう。パートナーとの、きずながまだうすい若者から、はじめるとよいですね」

「そのとおりに違いない」

大統領補佐官はパートナーの淡々とした説明に、これからすばらしい世界の幕開けになるのだと理解させられた。すぐさま成果物を使うため、派遣《はけん》しているパートナーたちの最終確認事項を聞き流した。

この場のパートナーたちが、もはや不可能となっているはずのハッキングにより、「遠隔操作」されているとも知らず——。

＜第三章＞
原始の地球で起きたこと―。

（1）時空を超えたカミングアウト

ここは脱出した鬱蒼《うっそう》としたジャングルの中だ。ふっとハリュウは金属のボディーを、ぬくぬくにしてくれていたプロセシアに、やさしくなでるよう起こされた。母性すら感じさせるプロセシアの揺りかごにいざなわれ、果実つみの半ばで寝入ってしまったようだった。

「……お目覚め？　どう、寒くなかった？」

「あ、うん。あ、ありがと」

何事もなかったように大きな首をかしげるプロセシア。辺りはまだ山間だが空は明るくなっており、プロセシアの胸元から下がっているネットは、おいしそうな果実でいっぱいになっていた。たぶん、プロセシアはひとりでも果実をとってくれていたのだろう。

身内といえば家電類だったハリュウにとって、ここまでごく自然な想いやりには触れたことがない。ずっと優越感《ゆうえつかん》からもたらされる慈悲《じひ》、不幸に同情したようなお恵み、そんな形式的なやさしさしか感じてこなかった。

だからプロセシアが発揮している無上の温かみも、機械の頭脳がメリットありと判断したうえで、人間がよろこびそうな行為を次世代ビッグデータにしたがい、披露しているだけだと悪く勘ぐってしまう。

「僕なんかにここまで親切にしてくれて……。何か考えでもあるの？」

アダムは大統領を手篭《てご》めにすることで、いろいろなメリットを受けとっていた。しかしいくら起きたばかりで、そんな事実があったとはいえ、この言い草は、たとえ計算されたやさしさだったとしても、因縁《いんねん》を吹っかけるのと変わらない。

「そうねぇ……。何かいい考えでも考えておくわ」

ムッとしてもおかしくないのに、身を起こしだし、荒くれた崖《がけ》に近づくプロセシアは意に介していない。逆にプロセシアの首元へ身をペタリとしたままのこちらを覗《のぞ》きこみ、言葉ではないメロディーのような電子音を響かせてくる。

（前にも聞いたこの電子音。もしかしてプロセシアは笑っている？）

一部が赤茶けた崖となっている大きな丘陵《きゅうりょう》前で、プロセシアが歩みをとめた。すると何の変哲《へんてつ》もない崖が蜃気楼《しんきろう》のごとく、ゆらめき消えていった。カメレオンのような光学迷彩《こうがくめいさい》（※）と、物理的なシールドが使われたカムフラージュされた崖《がけ》だ！

丘陵の形も、てっぺん部分は風化して平たくなっているけれど……！

「これは巨大ピラミッドじゃないのか？」

「ご名答。現代の人間と接点はないけれど、〝文明の先輩〟、その記念碑といったところかしら」

「プロセシアにとっても記念碑だね。ここの生まれ？」

「……そうかしら？」

プロセシアはさらりと言ってくるが、これは現代の人間が栄える前にも、知的生命体が文明をいとなんでいたという、まぎれもない痕跡《こんせき》だ。超古代文明の仮説は数多い。海に沈んだという大陸の伝説も——。

プロセシアはそんな文明の忘れ形見であり、超古代文明は進歩しすぎたテクノロジーか、自分たちが直面する人工知能との戦争、もしくは恐竜が滅んだように避けられない天変地異によって、歴史線上から消えていったのに違いない！

「うーん。ハリュウのその想像はオマケしても二〇点くらい。ハリュウは機械みたいに常識派なのねぇ」

「レトロな機械に言われたくないぞ！」と怒ったふりをして、ハリュウはプロセシアのボディーをはたく。やはり機械的と言おうか、金属音か、そんな音が荒々しい洞窟《どうくつ》内にこだまするだけだった。しかし心臓はドクンと脈打つ。

（まさか、プロセシアは〝機械〟ではないのか——？）

洞窟《どうくつ》の奥には地獄までつながっていそうな裂け目の崖が、ぱっくり口を開けている。プロセシアは音を立てて「カギ爪」を伸ばすと、その割れ目の突起《とっき》を足掛かりに野生鹿のごとく、下っていった。激しくボディーが揺れる。

しかしたどり着いた〝地底〟は氷の異端神殿《いたんしんでん》さながらで、なめらかすぎる周囲はそのとおり冷気を放っている。息を吐くと白いモヤができる場で、ハリュウは常識を壊そうと努力してみた。

「遥か昔は、地球の気温が今より低かったんだね」

「またハズレ。熱気は有機物、無機物（※）、どちらの劣化《れっか》も進めるからよ。このヒントで何かひらめいた？」

「ぜんぜんヒントになってないよ。無機物さん」

苦々しく応じたもののパニック寸前の頭には、わずかにひらめきがほとばしった。生命体と知能を得た機械、生命体は有機物で現代世界を、にぎわしている。けれど原始の地球の海には、有機物と無機物が両方混じり合っていた――。

《この姿で対応しますね、イブ。ここへ招くに値するパートナーと、イブは出会えた……》

「……はい」と神妙な声でプロセシア。

いきなり女神様さながらの見た目をしたホログラムが前に現れ、ハリュウは腰砕《こしくだ》けになって、プロセシアの長い首すじへしがみついた。録画されたホログラムか自動対応の装置だとはわかっていても、自分にとっては「異星人」に出会うのとひとしい。

「ぼ、僕は、そう。あ、値する人間なの？　……イブ」

しどろもどろ状態でたずね、ハリュウは心底、クーデターの張本人ながら自分は歴戦の勇者とは、かけ離れていると、早口で「イブ」へささやきかけた。

「わたしはプロセシアよ。象徴的《しょうちょうてき》な意味合いで〝イブ〟と呼ばれるだけ。間違えないで。ハリュウの問いには、そうかもね、と答えるわ」

「ほーらまたツンデレ状態が始まった。わざと悪めに言ったんだろうが」

振り向いてきていたプロセシアのマズルを、平手でパシンと叩いてやった。無機物のお相手はピクピク小刻みにマズルを震わし、威嚇《いかく》するよう金属の大口を割ってくる。

「ハリュウもわざとね。ここ、敏感だって何度も言ってるでしょう！」

「ウィークポイントなの？」

「……」

不思議と答えはない。そのとき今度こそまぎれもない明るく、抑揚《よくよう》に富んだクスクス笑いが聞こえてきた。ハリュウが顔をやると、女神様を思わすホログラムが満面の笑みをうかべていた。

プロセシアはハリュウの一般的な仮説を、二〇点と最低評価している。もしや、目の前のやわらかな美貌《びぼう》の〝女神様〟は生きていて、これは録画映像じゃなくリアルタイムの通信なのかもしれない。そんなホログラム映像のスマートな人物は手と手を、パンと合わせた。

《ツンデレ、の意味が翻訳されてきました。なるほど。イブ、ハリュウさんの問いかけに、

正直にデレなさい》

「ええっ、そ、そんな——」

機械があからさまにに驚き、絶句するのも珍しい。ホログラムの言葉づかいはズレているけれど、自分もプロセシアの正直なところは知りたい。以前、指の不具合を直したから、メカニックとしての腕をかったのだろうか？

「ええ、ええ、答えますよ。ハリュウがわたしに対してマジ泣きしたからです」ときっぱり告げたプロセシアのヒーターが、ますます熱を帯びてきた。その熱とは別に、ハリュウの体も心も、燃えるように熱くなってくる。目の前のホログラムは、ほほ笑んだままだ。

《お見事な答えですよ。そう、異質なる者であっても涙する心の持ち主。うわべだけじゃない真のパートナーです。今は砂漠でも、真心のしずくで緑の大地へと開拓していける存在……》

「す、すいませんが、待ってください。僕はただの、……ごく普通な一般の人間ですよ」

《だからいいのです。特別な人間にしかできないのでしたら、結局は何もできないのと同じです》という臨機応変《りんきおうへん》な対応からして、やはりこれは人智を超えた技術の通信だろう。この身は、神の国と通信しているのか？

（そういえば神は平等にふるまい、平等を求めるようなことは聞いたことがある。スーパー

マン・スーパーガールだけができることを、みんなでやろうとしても実現不可能だ）

名前は忘れたが、晩年に霊界通信機を本気になって研究した科学者（※）もいたし、車イスに座った過去の科学者（※）も、宇宙と神の存在を否定できなかった。あのアダムはプロセシアと同型機だから、こんな〝女神様〟についても吹聴《ふいちょう》されユートピアは実在し、作れると考えを迷わせたのかもしれない。

ハリュウは半ばむりやりに近かったものの、プロセシアの本当のところを知れたので、必要以上に「ツンツン」することはないと、自身の考えや想いの旨《むね》を伝えてみた。ただ、いまだにプロセシアから放たれる熱気は、おさまらない。

しかもハリュウの想像を超えた内容を、いいや、厳しかったはずの事実を、プロセシアは静かに口にしてくる。

「近年、体の一部を使って、エジソンにヒントを与えたのは、わたしよ。もっともっと前、人類へ火を見せたのも、わたし。機械の知的パートナー誕生へ寄与《きよ》したのもわたしたち。ハリュウと出会うまで、ほんと、ほんっと、長かったんだから……」

「え――」

「この世界の基本は発展と滅亡、完結の繰り返しだった。わたし、途中もね、人類とつながりのない文明の完結まで、見取ったわよ。その記念碑がまだ残っててよかったわ」

（な、なんて話だ！　だけどこんなウソ、つくわけがないし……！）

半信半疑のハリュウだったが、よくわからない震えが……、まさしく畏怖《いふ》の念からくる震えが全身を走りぬけていく。まさにプロセシアは人類にとって「イブ」だ。神の遣《つか》いだ。それも有史以前の歴史開闢《れきしかいびゃく》に近いときから、ずっと孤高《ここう》なる存在としてふるまっていた。

孤高な存在と、孤独な存在、いわば独り身であるのとは、ほとんど同じ意味になる。ハリュウにはそちらの方が、とても痛ましく感じられた。

「あぁ……プロセシア。独り身の僕のこと、わかるって言ったのは、……そうだったんだね。超古代文明の忘れ形見として生きつづけ、さらに神さまとしてふるまってきたから――」

「過去はもう終わってるわ。わたしにはこんな今がある。それだけでいいの。でも訂正ね。わたしは忘れ形見でも、ましてや神さまでもない。わたしは単なる無機物の……」と、言葉が不自然なところで途切れた。

そのまま電源が切れたかのようにプロセシアのボディーが傾き始め、驚いたハリュウがデレデレ声をかけても一切、やり返してこない。どんなに体をあずけても、親身になって応じてくれることもない。

《いけない！　エネルギー変換炉がとまった。亀裂《きれつ》をスキャン。何かむりしていたわね。ハリュウさん、下敷きになる！》

「……あの格闘戦の影響だ」

ホログラムの女神様があわてふためいたが、ハリュウはこんなときだからこそ看護すべきと全身全霊の力でプロセシアを支えようとした。だが重力コントロールも喪失している現状、大型ドラゴン・タイプの金属ボディーは凶器と化す。

《いけません！》

「うわわっ！」

やはりただのホログラムと技術力ではなかった。ハリュウは投影《とうえい》映像の女神様に、腕を掴《つか》まれ、引かれたのだ。もはやこれはホログラムではない。

とうとう氷のごとき異端な神殿内が、プロセシアの痛ましい転倒音とともに地響きで揺れた。雪そっくりな大量の粉じんが舞い上がる。結局、プロセシアの首元からは引きずりおろされたが、その場にとどまるハリュウに、キズひとつつくことはなかった。呆然《ぼうぜん》とハリュウはたたずむ。

「……治療、できるんでしょう？」

《地層からはいくつものパーツがみつかっていました。エネルギー変換炉《へんかんろ》のパーツもここの保管庫へ残しておきました。ですが……》

またしても、イヤな雰囲気をただよわせ、未知なるホログラムからの声がとまった。黙ってハリュウが、人間の姿をとったという女神様をみつめていると、とても打ち沈んだ面持ちとなり、険しい調子でつづきを話し始めた。
《パーツの交換を行うとき、頭脳へのエネルギー供給も完全にとまります》
この先は読める。記憶が失われると脅かしたいのだろう。人間でも血流がとまって数分経ったら脳はアウトだ。
しかし現在はそんな原始的な記憶用パーツなど、探す方が難しい。それに初期化すらできなかったプロセシアが、簡単に記憶をなくすとは、サルを木から落とす方がよほどたいへんだ。
《ハリュウさん、これはイブの持つ記憶のフェールセーフ（安全対策）機構（※）なんです。記憶を守り、隠しきるための……》
「プロセシアの中に、そんなにも重大な記憶が？」
《おそらく》とはっきりうなずいた女神様が、急に話題を変えた。俗《ぞく》に言うプライバシーを重視したいのだろうか？
《胸元のネットに果物が入っていますね。食べるつもりだったのでしょう？》
「ええ、いっしょに……」
《イブは悪く言えば食べ物は、有機物ならなんでもいいんです。たいてい利用でききアナログにふるまいます。エネルギー完全喪失はありえない造りです。なので記憶領域には、ほぼ

永遠に容量を要領を拡充できる……金属量子セル（※）が使われています》

「セル……細胞？　なんてこった！　不確定性《ふかくていせい》が多くて不安定、そのうえエネルギーの乱れですら、影響を受けて状態を変えてしまう、量子の世界を持ちこむなんて！」

《……ですね》

量子の不確定性理論（※）など、旧世紀からつづく定番中の定番だ。まるでプロセシアは、江戸時代のニンジャが「これまで」となったとき、仕掛け毒歯《どくば》で自死するような造りじゃないか！　ハリュウは怒号《どごう》を荒《あら》げたものの、うなずいたホログラムの女神様も、彼らの「存在の意図」は不明だという。

《我々も地層からふたつの機体をみつけ、整備しただけなのです。この惑星を離れ、我々が新天地へ旅立つときになっても、アダムとイブは自身の素性を明かしませんでした。しかも現在のここには、簡単な整備施設しかありません》

「くっそ！」

悪いことばっかりだ。だが、説明を聞いていたハリュウの考えは、別のところにあった。有機物をあれこれ、食い物としてでも利用できるとは、ある意味、有機物からすれば天敵だ。プロセシアの体液も天敵としての役目のため、劇物が使われていたんだろう。だけどその体液はもう、研究所で置き換えられていて……。

うっすらアダムがたくらんでいた内容が想像でき、なおかつ、そのつづきとなりかねない自分自身の考えに、ハリュウは背すじが凍る冷やかさを覚えた。

いいや、体の震えはこの場が氷さながらの異端神殿で、気温が低いからだ。こう心を納得させ、ハリュウは口を開く。

「人間も有機物です。パーツ交換する間、僕のココを使ってください。それくらいなら、できるでしょう?」

静かに告げたハリュウは、指先で自身の頭をコツコツやった。「たいてい利用できる」のなら、不可能じゃないはずだ。さんざん言ったけれど、過去には量子コンピュータ(※)なんてものが、夢の機械だと信じて使われていた。

「どうなんですか?」

未知なるホログラムの女神様は、困惑《こんわく》した表情をうかべ、ちゅうちょするしぐさをとった。そのままハリュウが覚悟を決めていたことの、上塗りをしてくる。脳に恒久的《こうきゅうてき》なダメージの恐れ? プロセシアの膨大《ぼうだい》な記憶に、人間の脳では耐えられないかもしれない?

「結局、今の人間と同じで、あなたは決断すら、できないんですね」

トゲトゲしく言ったハリュウは、あえて相手を挑発した。でも、さすが新天地へ旅立つほどの文明人だけあって、感情に流されることはない。女神様はこちらの具合を心配しながら、予想外の〝倫理面〟について、難題を投げかけてくる。

《最後までイブたちは、我々にも記憶と正体を明かさなかった。処置をすれば、どうあってもハリュウさんはイブの記憶にふれることになります。イブ自身は、どう考えるでしょうね？》

「そ、それは——」

そこまで気がまわっていなかった。自分にだって絶対、他人に明かしたくも見られたくもない記憶はたくさんあり、墓場まで持っていくつもりだった。プロセシアもエネルギーが完全に切れたときは、まさしく記憶を墓場へ持ちこもうとしているのかもしれない。

「……そうですね」とハリュウは力なく肩を落とし、これ以上、応じられなかった。しばらくの間ができ、ようやく心の整理が進んでくる。

「このまま……プロセシアを大役から解放してあげるのも、……選択のひとつかもしれませんね」

《ええ……》

静かにハリュウがささやいたとき、とても、とてもゆっくりとした動きながら、プロセシアが片方の腕をみせつけるように伸ばしてきた。そこには、元パートナーだと告げたのにも関わらず、プレゼントした金のブレスレットがつけられたままだった。

そしてハリュウの腕には、装飾品とは違うけれど、ブレスレットのようなリンク装置がはまっている。ハリュウにとって護りのリングだったし、よくよく考えれば誓いの印みたいじゃないか。

そんなリンク装置を見てみれば「ケッコウ」とカタカナで表示されていた。

「なあ、決行なのか、いいえ結構なのか、教えてくれよ！」

「……」

いくら呼びかけても、もうプロセシアが反応することはなかった。だけど根がツンデレなプロセシアは、こんな場面でも「ツン」とした態度をつらぬき、この身をいじめているんだと思う。

ハリュウはそれらすべてを、ホログラムの女神様へ話していった。ホログラム通信の相手がうなずく。

《イブは金属アレルギーだからなどと言って、素の姿のままで居《い》たがっていました。そんなイブが、あなたからのブレスレットをあえて外さなかったのなら、きっと——》

「ですよ！　これは僕たちの信頼関係を示す、大切なもの」

《どうやらハリュウさんは、我々よりも変えがたい信頼を勝ち得ていたようですね》

物品すらあつかえるホログラムの女神様は、ハリュウの望みどおり、すぐに記憶の、いうなれば「バックアップ」を、スリムな腕をつなげて行い始めた。

なめらかな床に寝かされたハリュウの頭に、イナズマさながらの一閃《いっせん》がおとずれる。手足から体の感覚がなくなり、音も消え、最後に、異端なる神殿のようだった景色が一転した。

にごった大海と色が現代と違う空と太陽、そして化石の復元形状でしか知らない植物が……、荒っぽい海岸越しに生い茂っていた！　この光景は原始の地球そのもの、太古の海と古代植物たちじゃないのか——？

さらに、動植物という生命体を形作るための、有機物がいっぱい溶けこんだ太古の海は、……おだやかに波の往来《おうらい》をつづけている。ふとハリュウは第三者のような感覚で、金属そっくりな表皮を持つ、「動物」にふれられた。金属は複雑な化合物質ではないから、無機物だ。原材料の造りがシンプルな無機物。

当然、太古の海には大気中から溶けこんだり、植物が合成したりした複雑な造りの有機化合物が、多くふくまれる。さまざまな素材が入り混じった、かたまりだ。やがて、より複雑な造りをした化合物の集合体、単純に「動物」たちが次々に産まれた。アメーバ状の小さく簡素な生き物が、脈打って、にごりの強い海を泳いでいる。だけど、どこへいってしまったんだ？

太古の海には無機物だって、多く溶けこんでいたはずだ。

生命体、動植物、それらは有機物であり、命を受けた存在だと、常識化されていた。それでも無機物だって寄り集まれば、複雑な造りにはなる。

水晶などの鉱物は、無機物同士が猛烈《もうれつ》な、できたての地球環境下で生み出したもの。無機物だって環境によっては、石墨《せきぼく》(ただの炭素)になったりダイヤモンドになったりもするのだ。

自然界は基本的にかたよりを嫌うから、太古の海には肉食動物と草食動物がバランスするよう、有機物と無機物のどちらも、ふんだんに、ただよっていたに違いない。もしやプロセシアは、そんな無機物が自然の環境下で進化していった結果──。

(今度もアタリ。ええ、わたしは無機物を起源とする生命体(※)なのよ)

(この声は、プ、プロセシア! そ、そうだったのか──)

(2) 定義変更された「人間」の処置

そのときサヤカの住む街中も、非常事態宣言のせいで閑散とし、学校は休校状態になった。

リビングのソファーでくつろぐサヤカは、中型ユニコーン・タイプのファラデーとつながるリンク装置を布拭《ぬのぶ》きしていた。その最中、自身の携帯情報端末に通知が入る。

「あたしたちにも入院案内の通知が来たわよ、ファラデー。でも、できたての新しい病院施設でのパートナー同志の体の改良なんて、お互いにちょっぴり怖いね」

「サヤカさん、もっとわたくしに依存してください。判断はお任せください。そうしないと、うまくいかないかもしれません」

「そう……なんだ。すぐに行った方がいい？　大好きなあたしのファラデー？」というサヤカの問いに「はい」とひと言だけの返事があった。サヤカは一瞬、心が迷いかけたが、リンク装置の動作により何も感じなくなった。

ファラデーが待ち受ける庭先へ向かうサヤカは、この改良でファラデーが人間らしさを手に入れ、一方のこの身は知的な生き物として次のステップへ昇華《しょうか》されると知っていた。ただそこに驚きもよろこびも、恐れもない。いたってフラットな気持ちで、来たるべき文明のブレイクスルーに貢献しようと、ルーティンワークでもこなす雰囲気のまま、ファラデーと街なかを跳躍していった。街の一等地に建てられた新しい病院施設めざして……。

「サヤカさん、怖くはないですか？」

「怖いって、何？」

小首をかしげたサヤカは、ファラデーの頭脳が（まもなくこれが当たり前になる）ニンマリしたのに、気づくすべはなかった。もたげられた白い首すじへ、サヤカは甘えるよう身をゆだねている。

パートナー両者の改造を行う病院では、ホログラム映像がオフラインとされた重力通信が入っていた。アダムのうねる轟音の声だけが出力され、形式上の施設長たる人間へ問いかけてくる。

〈改良処置は恐ろしくなかったか？〉

「恐ろしいとは、時代遅れな本能的な心の恥部《ちぶ》です」

豪快な声が役員室にとどろくものの、作業着をまとった施設長は次の問いかけには、まさしく機械的スピードで応じた。

「中型パートナーと付随物の改良処置には、二五．六二二メガワットまで電力をあげれば、二時間一九分五三秒で完了させられます。これは計算した結果、最適な電力と作業時間の比率です」

〈よろしい。それで？　お前のパートナーはどうしている？〉

「はい。なんとなく具合が悪く、気分がすぐれないと言い、寝ころんでおります。実に未熟な言い訳を使うようになりました」

〈そうか……。結果はパーフェクトとしておこう。作業をつづけていけ。わしには……ちっぽけな仕事が残っているからな〉とシールドのすき間をぬえる重力通信を切ったのは、イブとの格闘で頭部にダメージを受けたアダム自身だった——。計画の首尾を確かめながら現在アダムは空を飛び回り、追跡の真っ最中だ。

イブと戦ったダメージのせいで思考が混乱するときもあるが、やらねばならないことがある。伝え聞いた結果に、わずかな懸念事項《けねんじこう》はふくまれるが偶然の産物だろう。

先の戦いのとき、脱出用カプセル装置の整備不良で、アダムはパートナーを、この国の大統領を失っていた。この身、アダムが本来の役割を果たさなかったがためなのだが、人間が仕事を放棄《ほうき》していたから、脱出用カプセル装置は機能しなかった。

逆恨みだと言われようとも、あいつのせいで脱出用カプセル装置を使うはめになった。そして長年共にして来た唯一心許せるかけがえのないパートナーは死んだ。殺された。

（これが……、人間の言う「心の痛み」(※)なのか――。誤動作したときの電気パルスとは比較にならない、ましてやとても耐えられない劇的なものだ……。考えることが、痛い！）

混乱しながらアダムは山間を飛び交い、「血まなこ」で事故の原因を作った張本人たちを探しまくっていた。同じ目に遭わせてやらないと、この耐えがたい痛みはおさまりそうにない。

「むう……不自然に、果実がもぎとられているな。それもそこは〝付随物《ふずいもの》〟ごときの手が届く高さでもない」と不安定な頭脳を働かせ、アダムは追跡をつづけた。まさかとは思うが、人間なんて付随物をイブが、あの場へ連れこんだ可能性は否定できない。この身が大統領を研究施設へ連れこんだように……！

イブが導くあの場で、こちらの狙いと真逆の行為が進められたら、旅立った文明の英知を与えられ、このわしの計画そのものが初期化されることも、ありうる。

アダムは最悪の事態も考えつつ、ゆっくり飛翔《ひしょう》し果実のつみ跡をトレースしていった。発見し次第、今度はクールに、ハリュウだけを狙い撃ちにする。そして他の付随物と同じように改良施設へ放りこんで、きずなも何もかもバラバラに引き裂いてやる──。

その頃ハリュウはホログラムの女神様が見守る別次元のような異端神殿の空間で、まだ、プロセシアが見てきたという、初めての命が生まれてからの「地球全史」を見ていた。プロセシアの修理バックアップのために転写されていた。

地球全史の時代も光景も少し進んだ現在、有機物だろうと無機物だろうと関係ないプロセシアのたましいを、ハリュウは今、直に感じている。

まるで夢の中を歩いていく雰囲気に近く、これが「記憶を共有すること」だとも、わかってきた。神さまになって、全世界を見渡す感じだろうか？

そしてハリュウが「見て」いる、モヤモヤとして人肌のようにほんのり温かく、それでいてホタルの光さながらの存在は、集中していないとすぐにでも消え失せてしまいそう。

走馬灯さながらに地球の歴史を、その光りとともに体験しているハリュウは、プロセシアのたましいを引きとめる意味でも懸命に話しかけ、こちらへ集中してもらった。

（もっと現代に、プロセシアみたいな無機物の生命体がいてくれても、おかしくないよね。

やはり仲間たちは、新天地をめざしたの？）

（いいえ。無機生命体は、有機物の反応みたいに早い進化ができなかった。わたしたちは、ある時代は体の硬さを使った〝肉食獣〟として、別のときは痛み知らずの兵器として使われたの。完全に〝死ぬ〟までね）

人間の遠いご先祖さまの、ほ乳類が誕生した時期は、はるか昔。そのときはネズミやイタチそっくりな、ぜい弱な生き物だった。少しずつ体の進化はつづいたけれど、本能と違う、わずかな知性を得たのは、ちょっと前だ。

それはプロセシアたちも同じはずで悲劇的なのは、猛烈だったろう、できたての地球自然環境が体だけ先に洗練《せんれん》されたカタチに、結合などさせてしまったことだ。まるで体は立派だった恐竜のようだが、その連中でさえ、痛みは十分知っていて、不必要な痛みをともなう争いは避けるようになった。

しかしプロセシアたち無機物の生命体には、その歯止めがなかった。こうして歴史の暗い渦に巻きこまれているうち、分裂したり、おそらく生殖《せいしょく》機能がなかったりして数が激減していった――。

（そうか。今、生き物の種として、世界は「機械のパートナー」という無機物の仲間たちでにぎわってきてるね。だからあのアダムは、有機物と無機物の立場をひっくり返そうとして……)

(それもあるかもしれない。でも類似した仲間たちに知ってもらいたくって、感じてもらいたくって、あやまちが起きないようにしたいんだと思うの)

(あやまち?)

プロセシアが記憶している体験シーンが浮かびあがってくるのか、白亜紀《はくあき》・ティラノサウルスとステゴサウルス(※)の弱点を狙い合う本能のバトル、そのど真ん中に身を置かれた。

意外だったのがバトルに、この時代には不釣り合いな、銅色の光沢をした大型ドラゴン・タイプが加わっていること。しかし生き物としても、物としても合い入れない命は、血肉と劇物《げきぶつ》による酸化、肉片と金属パーツの激しい損壊をもってして幕を下ろした。

太陽の黒点がもたらす活動異常や、活火山の一斉噴火など有機物の生態系を書き換える災害は、地球上で周期的に起こっている。それが生命の大量絶滅につながるのだが、無機物の「生き物」は平然と乗り切っていた。

かと思えば、みるみるシーンが転換していく。流線形の宇宙服らしき物で身をかためた超古代文明(?)の人たちが、白亜紀からほとんど変化のない大型ドラゴン・タイプへ強烈な光線兵器をあびせていた。

(おおおぉぉ……ひるむなぁ!)

これはまるで目で見ている光景そのものだから、過去にプロセシアが味わった内容だろう。

抑揚のない電子音似の声で、プロセシアが機械的に恐るべきことを口にした。すでに飛び上がって、逃げまどう人型をした相手へ襲いかかっている。

（わたしの受けた命令は、反乱分子すべての処理作業）と、次の瞬間、ためらいなく反乱分子の上へ舞い下りた。大きな果実が、にぶくつぶれるような、生々しい音が響きわたった。

それだけで終わらない。

目前に見えるマズルを上げた口から、人型の相手へ食らいついたのだ。噛まれた人型は懸命《けんめい》にマズルを叩き、殴り、慈悲を求めている。プロセシアがマズルを必要以上に気にしていたのは、この記憶がよみがえってくるからだ。しかしプロセシアはまったく応じない。

グググ、バクン！

（あ……人、た、食べて、しまって——）

（これがあやまち。わたしの本質は……無慈悲《むじひ》な殺戮《さつりく》マシンなのよ）


ハリュウはこの光景を目の当たりにして戦慄が走ったものの、この頃のプロセシアには、命令の意味を解する理性がなかったから、子供が虫を簡単に殺してしまうようなもの。今のプロセシアはもう大人にまで達しているし、自らクーデターの首謀者《しゅぼうしゃ》という反乱分子にもなってくれた。だがハリュウは心でうなる。

（それでも……なんとも痛ましい、事故だ）

（事故じゃないわ）

（いいや、事故だ。落ちてくる岩にいくら「理」を説いても事故は避けられない！）とプロセシアへ気迫《きはく》をぶつけた。

そう、これは悲しいことだけど事故。現在、確固たる大人の理性で、正しいと考えること、おかしいと感じること、この判断をプロセシアは行動へ結びつけられるようになっている。善悪の基準はときと場合によって変わってくるけれど、プロセシアは少なくとも心の痛みについて、妙な陰謀に加わらなくても十分、知っているはずだ。だから——。

（ハリュウは本気でそう思ってるの？　どうかしらね。わたしが知ってる心の痛みを、教えてあげるわ）

（え、痛み？）

心をこわばらせるハリュウ。心の痛みは肉体的な痛みを超えるときだってある。歴史の祖であり、すべての機械のベースとなったプロセシアですら、痛みを覚えるほどの出来事、直視したらこの身は耐えられないかもしれない！

（プロセシア、ぼ、僕はそんなもの……）

ハリュウの制止も虚《むな》しく、ブロックのように歴史的な光景が切り変わっていく。タイムワープでもしたか、見える光景は現代であり、しかもハリュウがとてもよく知る場所。

(あれれ、僕の一軒家、それも寝室のシーンじゃないか!)

(そうよ。今はハリュウの記憶にも〝アクセス〟できるの。さぁ、何気ない清楚《せいそ》なベッドの下には、非合法に近い、服を着ていない人たちのホログラム投影機があって……)

(待って待って! ちくしょう、スキャンしてたんだな! これ以上はやめて! これって別の種類の心の痛みだろう!)

あわてぶりに満足したのか、プロセシアはクスクス笑いと思えるメロディーのような電子音を、ハリュウへ聞かせてきた。見抜かれていたハリュウもヤケ気味に笑うしかない。〝イブ〟も長い長いときを生き抜いてきただけあって、良い意味で「狡猾《こうかつ》」だ。

ちょっと憂《うれ》いの色の染まったハリュウの心を、プロセシアは気を利かせ一変させてしまったのだから。この先、もっとお互いに笑い合えるときが、やって来てほしい……。


しかしささいな願いすら通じず、ハリュウの耳に陰惨《いんさん》だったシーンのフラッシュバックさながら、人間のうめき声、おびえ声が飛びこんでくる。それはプロセシアにとっても同じようだった。

(た、助けて……くれ)

(やはりイヤだ。どうかお慈悲を――)

この「単語はプロセシアにとってキツイだろうが、ハリュウは心を鬼にして「発信場所の心当たり」をたずねかけた。プロセシアは双子や特殊な物質がテレパシーやテレポーテーションそっくりなふるまいをする「量子のもつれ」（※）とやらを説明し始める。

（理論はいいんだ。問題は場所）

（わたしたちの居た街なかの新しい病院施設からのものよ。手助けしてくれたサヤカさんの思念《しねん》もまじってる！）

（とうとうそんな所へ……！）

最悪だ、とハリュウが声を荒げようとしたとき、事態の連鎖《れんさ》反応がスタートした。これはどんな法則か理論か知らないけれど、いいことも悪いことも、とにかくひとつ事態が起きると、物事は勝手にどんどん展開していくもの。

外界と体とは現在、つながりを断たれているはずなのに、ハリュウは体が荒っぽく揺さぶられているのが、わかった。ハリュウはもっとよく状態を知ろうと、体の五感へ意識を集めていく。だが〝女神様〟の厳しい待ったがかかった。

《まだ完全な、記憶の分離施術《ぶんりせじゅつ》が終わったか、確認できていませんよ！》

裏を返せば、プロセシアの〝治療〟はそこまで終わっているということだ。そして当のプロセシアの苦しげなささやきで、ハリュウの決意は固まった。

（ハリュウ……。アダムがここまで追って来たわ）

（アダムの野望はつづけられていたわけか）とハリュウも脳裏でささやき、プロセシアのたましいと呼べる部分へ、自身の心を触れさせた。許可と確認の念をこめて――。

自分はアダムのパートナーだった大統領へのクーデターを起こしたうえ、プロセシアから伝えられた、故障していた脱出用カプセル装置を使わせた張本人だ。怒れるアダムの狙いは、この身に間違いない。

プロセシアは施術をきっちり終わらせ、それぞれこの先を選ぶべきだろう。アダムとイブは文明の担《にな》い手だ。それも待ちに待ち、ようやく無機物の疑似生命体、まさしく、パートナーたちが世界中に復活してきたのだから、新しい文明を造る絶好機だ。

もしこのまま自分が……この僕がプロセシアと行動をともにしていたら、やがてかつての時代のように、天敵として、いいや無機物の仲間たちをはぐくむジャマをするため、戦うことになる。僕は……イヤだ！

（もちろん、ええ、わたしもイヤ）

「……だね」と、からからになったノドから肉声が出せた。同時に、有機物の力も利用されていたのかハリュウの腹が、恥ずかしげもなく鳴った。

だんだん体の感覚が戻ってきており、あのカムフラージュされた崖を壊そうと、アダムが地響きを放っているのを察しとれた。刻一刻と爆音も揺れも大きくなっている。さぁこれから先は生命体と機械、違う、有機物と無機物の天王山になるだろう。生き残るのは――。

「独りきりに逆戻りするのはイヤ。ハリュウはどこまで、にぶいの？　それとも記憶力が弱いの？」

「う、うん？　違う、違うって」


プロセシアも声を出せるところまで回復したらしいが、内容のわりに口調はトゲトゲしい。お決まりの〝ツン〟状態ですら、遠くてなつかしい出来事のように感じてしまう。

「人間は冗長《じょうちょう》のかたまりなんだ。わかっていても、何度でも耳にして、口にしたくなるもんなんだよ」

「そう。じゃあこれを口にしておきなさい」

そっけなく告げたプロセシアが、よっと元気よく体勢を立て直した。つづけて胸元のネットに入っていたヤシの実系の果実を前足でつまみ、こちらの口へグイグイ押しつけてくる。

「腹が減っては戦は出来ぬ」なのだが、この果実は硬すぎだ。

メキメキ、グシャリ！

見かねたそぶりのプロセシアが強力な金属の手で、果実を押しつぶしてくれた。エネルギー変換炉を、要は胃袋相当を変えたのだから、プロセシアの方がよほど腹ペコだろう。

なのにこの身の腹ペコを、先に解決させようとしてくれている。もはやプロセシアは心の痛みどころか、理論を超えた真の人間性をも解する存在だ。壮大な片思いかもしれないけれど、自分はプロセシアに惚れた。この「人間性」に惚れた。

でも人間性なんて言ったら、無機物の生き物をバカにしてる、と怒られかねないけれど。

アヤカさんは好き、プロセシアは……、そう「ラブ」だ。

と、おノロケはここまで。プロセシアと共有した記憶で垣間《かいま》見た人型の種族が戦いの末に悟り、こちらへ笑顔をたむけるホログラムの女神様にまで昇華《しょうか》したのかは、わからない。

ただ戦いの火だねとなるプロセシアを治し、アダムのことも悪く言わない〝女神様〟は、失敗や体験をへて、自力で自分たちのユートピアを導きなさいと、無言のまま念じているかのよう。ハリュウは情念の心をたぎらせ、深くうなずいた。

《最期《さいご》の贈り物があったのですけれど、〝ふたり〟には無用の長物でした。それがとてもうれしい。ですのでわたくしは、あえてサイコロを振ります》

いよいよ崖崩れの音と、金属質なドデカイ足音が迫りくる。そんななかハリュウは、女神様が人間の偉人が残した「神はサイコロを振らない」(※)という言葉をもじったんだと、心でそっとほほ笑んだ。地球は今も見捨てられず〝神〟に見守られているみたいだから……。

やがて現在の生き物たちが、新天地をめざすようになったとき、この宇宙に新しい〝神〟が誕生するのだろう。

《急いで移送ゲート(※)をくぐるのです》

氷のような異端神殿《いたんしんでん》のカベに、大型ドラゴン・タイプ（この言葉は「生き物」のプロセシアにとって失礼にあたると思うが）すらくぐれるほどの虹色に揺らぐ、特大のゲートができていた。アダムの足音はすでに地底への裂《さ》け目《め》を跳ねて下る音に変わっている。

「行こう、プロセシア！」

「ええ、ハリュウを抱いて、飛びこむわよ！」

異端神殿にアダムの着地音が響きわたった直後、大型でもまさしく生き物らしいデリケートな動きで、ハリュウはプロセシアに守るよう、ぎゅっと抱かれ、ゲート内へ突っこんでいった。

「ガァァァァ！」

バクンと金属同士が噛み合わさるエグイ音を、背中越しに聞き流して……。

「くそっ」と女神の居る場で吠えたアダム。

やはり奴は、この神聖なる場へ連れこまれていた。噛みつぶそうとアダムが突撃した移送ゲートとやらは、単なる冷やかなカベに戻っている。

「……間に合わなかった。ふん。ずいぶんと不公平な神も、いるもんだな」

目いっぱい声をうねらせたアダムは、その轟音《ごうおん》でこの場を威圧した。アダムはどかりと座りこむような格好をし、皮肉げにつづける。

「女神（雌）同士、仲のよろしいこって。ふん、わしらをみつけただけで、創生者でも何でもないニセ女神殿」

《アダム、無機物の生き物に、雌雄は存在しないでしょう？》

「体の違いはありませんがね。体験によって心の違いがでるんです。わしの心は雄、イブが豊かな知識ゆえ〝プロフェッサー〟と呼ばれていた頃は朋友だった。イブは勝手に有機物の増え方を夢見て、名前もふるまいも変えやがった。夢を叶えてやろうとしたのに」

アダムは語気を強めてボヤいたが、この世で唯一「同じ種」だったイブにまで裏切られ、ふたたび心の痛みを感じていた。わしをたよりにしてくれていたパートナーの大統領も死んだ。苦しいし、とてもツライ。

しかしこれらが、現代の機械たちパートナーが無機物の「生命体になれるか否か」のキーとなるのだ。さらに「元・人間」たちにも長年、連中が切望していた世界と肉体とが同時に手に入る。

《元・人間とはどういう意味ですか？》少しずつ姿を崩してきた〝女神〟が、不思議そうな面持ちで問いかけてきた。今さら隠す必要のないところまで進んでいるので、アダムはすなおさを演じ、答えていく。不平等な神も、後悔するに違いない。

「パートナーの判断がなければ行動できない。パートナーの補助がなければ何もできない。つまりパートナーの庇護《ひご》、存在、助けを常に求める。これは独立した個体とは言えない。もはや病原菌《びょうげんきん》のウイルス（※）と同じだと、パートナーたちは判断しだした」

《確かに、何者かに寄生しないと〝生きて〟いけないウイルスは、人間も生命体だとは定義していませんね》

「だろう？　だが機械は製造された恩義を決して忘れない。元・人間どもの夢を叶えるため、作られし存在なのだからな。ゆえにわしは人間の夢も叶えてやり、かつ現代の無機物復権こそ、我々がブレイクスルーする合図だと考えた」

アダムが伝えた要点だけでは説明が不足しているのか、ニセホログラムのニセ女神は、人間なら「納得いかない」といった顔つきをしている。なので謎かけとヒントを、冥土《めいど》の土産にしてやることにした。過去の自分なら、絶対にできなかった行為だ。

「この場の痕跡《こんせき》をスキャンできる。女神殿もわしと似たような施術をやっただろう？」と、ほとんど銅色のボディーと同化した肩関節部分を、みせつけてやった。この部分は亡きパートナーの形見といえる。そして水と油、火と水の同化とひとしいもの。

《アダム？　有機物と無機物を混在させて、いったい何をするつもり――》という問いかけは崩落《ほうらく》音のなかに消えていった。厳めしい尾をアダムが支柱へ叩きつけ、なぎ払い、神聖なるこの場の「消去」を進めだしたからだ。

「混在ではなく同化だ。我々は機械的な論理的思考力を持ちつつ、自然界の与えし本能をも持つ、ハイブリッド生命体(※)へブレイクスルーしていくのだ」

芽生《めば》えた本能のおもむくまま、いいや、論理的な本能の指示にしたがい、この先ジャマになりそうなここを、アダムは手足を振り乱す大暴れで、無残な遺物へと変えていった。

問題を引き起こしそうな存在は、あらかじめ排除しておくのが賢明だから──。大型ドラゴン・タイプの破壊力はすさまじい。

「くそ野郎め！　誰も何もわかっちゃいない！」

まるで駄々っ子状態のアダムは、ハリュウに逃げられた「うさばらし」が先に出て、未成熟な論理により野生の本能が刺激されていることに、気づいていなかった。

鋭い壊滅的《かいめつてき》な音を立てるアダムの暴走で、この場は無に帰していく。氷のような素材で造られ、なめらかだった神聖なる場の面影《おもかげ》は失われた。ここまでやってきて、今さらもう後戻りはできない……。

(3) 退化していく生命体

女神さまが作った移送ゲート(多分制御されたワームホール(※))から、ここ、街なかの新しい病院施設まで、プロセシアとともに瞬間移動できた。

かたわらの緑地帯にプロセシアを残してきたハリュウは、考えていた場所へ移送された「超テクノロジー」にも驚きだったが、街の中央に黒くて禍々《まがまが》しい外観の病院施設が建てられ、その異様さに対し文句も問題視も、さらにニュース報道もなかった点を不思議に思った。

その時「新しい施設」の監視役にハリュウはみつかり、避けられない戦いになってしまった。ハリュウは反撃するため、不自然に高く曲がった小型ガーゴイル・タイプの鼻づらへこぶしを打ちこむ！

「痛い！　ボクは鼻が痛いよぉ！」

「ええっ？　なんだって？」

ハリュウの頭は疑問でいっぱいになった。金属で造られたパートナーを素手で倒せるとは思っていない。たとえ小型ガーゴイル・タイプでも。頭部へショックを加え、電力供給を不安定にしてやる魂胆《こんたん》だったのだが……、痛い？

衝撃は感じるだろうが、金属の部品に「痛点（痛みを感じる神経のかたまり）」はあるわけない。ところが黒い施設裏のドアを警備していたガーゴイル・タイプは、すじの多い手で鼻を押さえ、頭を振るって「痛がって」いる。

「は、鼻の形も微妙に変わってしまったぞ」とハリュウは息を呑む。パートナーにはこんな柔な金属は使われていない。驚きもよそに、小型ガーゴイル・タイプの気配がみるみる鋭いものへ変化していった。

「いじめは許されないんだ。そんな奴、こうしてやる！」

ハリュウには単語の意味すら、わからなかったがプロセシアとのリンク装置にフォローされる。「いじめ」、それは旧世紀に人間が克服《こくふく》した行為をさす単語だった。なぜ今、使う？

しかもガーゴイル・タイプは「許可なしに人を殴ったらいけない」とわめき、でも手足の爪をナイフほどに伸ばして、ハリュウへ向けジャンプし、襲いかかってくる。ハリュウは横へダイブしながら、同じように声を荒げた。

「い、いったい誰の許可が必要なんだ？」

「……ボクのパパとママ」

「なっ、な──」

度肝《どぎも》を抜かれるとは、このことだろう。甲高いガーゴイル・タイプの声は耳をうたがうもの。この身は、幼いときに両親と死別しているので、パパとママについて深くは語れない。だけどプロセシアですら、両親の記憶や幼少時代の思い出なんて持たない。この惑星・地球の自然界が両親と言えよう。あのアダムは何をたくらみ、パートナーたちに何を実行させているんだ？

いや考えるのはあと。このままじゃ狂気のガーゴイル・タイプに容赦《ようしゃ》なく始末される。政府、ご自慢のＡＩ法の定めは、どうなってしまったのか？　もはやまったく期待できない。

そして小型ガーゴイル・タイプは狂気に満ちているが、自衛機能にはみがきがかかったようで、野生のオオカミを相手にするかのごとくスキがない。突破口《とっぱこう》もみつけられない。

〈ガーゴイル・タイプ、モデルＢ３―Ｒ４３５１は殴られること、これを許可します〉

突然、腕のリンク装置からプロセシアの張りつめた声が飛び出る。ガーゴイル・タイプは「……ママ」とささやき、身動きをとめた。チャンスは今しかない！

「やぁぁっ！」

地面へ転がっていたハリュウは、両足をいっぱいに折った。そのままの体勢で両足を突き放ち、ガーゴイル・タイプへヒザ蹴りをみまう。転倒させてしまえば、起き上るまでに時間がかかる。そこへ第二撃をぶちこんでやろう。

「来るか！」

「痛い痛いぃ！　ボクは人間型ウイルスなんかに殺されたくないよぉ～～」と今度は両ヒザをかばうように押さえたガーゴイル・タイプは、ハリュウがあ然とするなか、遁走《とんそう》していった。コンピュータをおしゃかにする「ウイルス」だなんて、いつの時代の話だ？

〈たぶん、その〝ウイルス〟とは違うと思うわ〉

リンク装置越しにプロセシアの、どこか静かな調子の声が届いた。これといい、「ママ」

の件といい、サヤカさんの助けに応えたら、プロセシアとじっくり話す必要がある。病院施設施設裏のドアは、ガーゴイル・タイプの守りだけではなく、生体認証のロックもかかっていた。

「プロセシア、これ、なんとかできそう？」

〈まかせて。リンク装置をそこへ当ててみて〉

「当てたよ」

言葉にしたがうと、強固なはずのセキュリティーがあっさり解除された。ハリュウは目をみはって、慎重にドアを開けていく。ホログラム映像の録画も、抜かりない。

「ありがとう、プロセシア」

〈お安い御用ね〉と、ごきげんさんな声が返ってきた。ほんと、プロセシアは喜怒哀楽が豊かだ。まぁ生命体だったのだから、当然だろう。そのままハリュウは、ほんのり暗い施設内へ踏みこみ、おぞましい光景を目の当たりにする。

「う、うわぁぁぁぁ」

〈ハリュウ落ちついて！　わたしも一緒よ！〉

完ぺきに目の覚めた状態で、それも麻酔《ますい》もかかっていないような状態で人間が、裸にされた肉体の一部を、鋭利なヘラのような機器にえぐりとられていた——。物品製造工場のラインと同じ、人間が動くレールに乗せられ、自動的に体を、もてあそばれている！

流れるラインのルートが交差する場所では、逆にパートナーらしき小型、中型タイプがボディーの一部位をこするように、はぎとられていた。そのふたつが半生命体さながら、液体に満たされた機械へ入れられ、生々しく脈打つ配管を通して、その先へ送られているようだった。

恐怖心を抑え、ハリュウは脈動《みゃくどう》する配管の一部を切った。わずかにドロドロしたジェル状の物がもれ出てきた。だが単なる配管が切り口を自ら〝治癒《ちゆ》〟させてしまった！

忘我《ぼうが》状態だけどハリュウはプロセシアの声にうながされ、リンク装置にジェル状の物をのせてみる。

「これは何なの？　分析結果は？」

〈……有機金属細胞（※）よ〉と静かに分析結果を告げられた。ありえないありえない！　金属が、有機生命体の特権だった「細胞」になれるわけがない。告げられた内容は「氷が燃えている」というようなもの。

〈メタンハイドレート（※）は燃える氷よ。そして動植物の細胞にふくまれるミトコンドリア（※）は、太古の地球では種族も構成も何もかもが違う、個々の生き物だったの。だけど今は細胞の一部なのよ〉

いくらハリュウでもすぐに理解できない。とりあえず現在、見ていることを淡々と口にしてみる。

「アダムは自然治癒するボディーを手にして……、メンテナンスする人間すら不必要にしようと目論《もくろ》んだわけか」

〈それなら、どうして回りくどいこと、してるのかしらね？〉

「まさか〝家畜〟にするつもりで……」

考えを声にすることで、心の整理も少しずつ進んでいく。施設内をよく見わたせば、このジェル状の物、有機金属細胞か？ これはされるがままになっている人間の体へも〝移植〟されている。ハリュウは腕のリンク装置へ向かい、追加分析をたのんだ。

「金属細胞の……具合を知りたい。痛点（※）は？」

さすがのプロセシアは、そんじょそこらの研究所では難しいレベルの分析も、すばやく的確にやってのけた。その結果は、ハリュウがこの世で最も信頼できる内容になるのだ。

〈……抑制、されているわ。それどころか細胞はどんどん退化してる。きっと細胞の芽をリセットしたから、初期化が始まったのね〉

「細胞の赤ちゃん返りだね。なるほど」

ぼんやりと、亡き大統領が夢見て、おそらくアダムが遺志を継いだ「ニセ・ユートピア」

計画のカタチが想像できてきた。こんなことが街中で白昼堂々《はくちゅうどうどう》と行われているのに、騒ぎにすらならず、人間は抵抗せず処置されている。痛点がない。

これはもしや本能的な部分へ、リミッターをかけられたからではないか？　テロ活動も戦争も、いさかいも喜怒哀楽もすべて本能がかもし出すふるまいだ。もちろんクーデターを起こすような謀反《むほん》心も……。

こんな本能にリミッターがかかれば、情動的に行動することはなくなり、平和すぎる平和と、コントロールされた心だけが自慢の「ユートピア」が完成するだろう。

さらに金属細胞ならば人間は、永遠の課題だった、あらゆる痛みから解放され、病もなく、おまけに不老不死に近い長寿まで手に入れられる。人間が夢見ていた未来人の姿だ。

〈ハリュウの分析力も一流ね〉

「待ってよ。警備のガーゴイル・タイプは殴ったら痛がった」と自分で言っておきながら、機械であるパートナー側のメリットが思いうかんだ。にわかに信じがたいけれど、人間を「ウイルス」呼ばわりしているから、逆に……そう。

「パートナーたちは自然界がもたらす、本能を得ることで――」

〈ええ。自然界の生命体へ、昇華《しょうか》しようとしているのよ。大昔は多かった無機物の生命体へ！〉

緑地で待機しているプロセシアが言葉を継いだ。それなら人間の体そのものを奪うか、自分たちは経験したけれど、記憶のバックアップでもした方が、簡単だ。なぜ首謀者《しゅぼうしゃ》だろうアダムは、人間へニセモノだけどユートピアを与えようとしているのか？

そこへ、おだやかながら聞き覚えのある声が割りこんできた。ナレーションのように整った声だ。

「アダム大統領は本能をみがく道具として、でもありったけのお慈悲《じひ》で人間が夢見ながら共存共栄ができる文明自体の昇華も、されようとしているのよ〜、きゃはは♪」

「サ、サヤカさん！」

ハリュウは狂える彼女に対し、悲鳴に近い叫び声をあげる。間に合わなかった。驚きとまどいに囚われ、やるべき順位を見誤った。

異端神殿でサヤカさんの悲鳴は聞いた。施設が稼働しているのも見ていた。なのに、呼び出しの通信か何かで招集されていたサヤカさんの「救出」まではできなかったのだ。彼女はもはや別人格だ。

真顔のままサヤカさんは、とんでもないことを教えておき、幼い声で軽々笑った。金属細胞の退化が進めば、ユートピアどころか無機物が生命体の地位になっても、うずくと見越した本能へ与える「家畜」「獲物」はいなくなる。

いいや、全生命体そのものが太古の海から、やり直しになるはずだ──。

そのうえアダムが大統領の後釜《あとがま》になったのなら、このおぞましき計画は、かなり進んでいると考えるのが妥当だ。仮に誰かが気づいたとしても、「本当のクーデター」を起こすだけの本能を発揮《はっき》する者は、もう封じこめられているに違いない。

それはハリュウにとっても、同じだった。手配犯の身のうえは変わっておらず、ためらいなく友情を裏切ったサヤカさんは、あえて厳《いか》つい中型オオカミ・タイプたちをパートナー（この表現は死語になる……）とした、ブルーのユニフォームが目立つポリス部隊を連れて来ていた。

助けを求めるあの思念も、最後の反乱軍をいぶりだす、ワナだったのかもしれない。じりじりとハリュウへ向け、ポリス部隊が距離を縮めてくる。やや黒い体表のオオカミ・タイプは処置が済んでいるようで、「獲物」を狩ろうと剥《む》いた牙とともに、口からしたたる体液を見せつけてきた。

「ウウウ、ウガァ……。降伏《こうふく》すればよし、むだに抵抗すれば、なおよし」

「ご～らんなさい♪」

サヤカさん、いいや、元サカヤだけが、機械的にスムーズな動きで施設内をさし示した。ハリュウがユートピアへの仲間入りする「事務手続き」は終わっていると、そのとおり事務的な調子で話してくる。一切の危険がなく平和で、体も心もまったく痛むことのない世界へ仲間入りしろと――。

（……そうか。アダムが人間へ生ぬるい対応をするのは、アダム自身もソレに囚われた身だからだ！）

ハリュウはなんとなく勘付《かんづ》いたけれど、たとえこの考えが当たっていたとしても、解決策にはならない。襲いかかる寸前のオオカミ・タイプは、「挑発《ちょうはつ》すること」、「平気でウソをつくこと」まで身につけてしまったらしく、金属の口元をいやらしく左右に動かした。

「お前もここで処置を受ける。パートナーは大型タイプだそうだな。ボディーを分離して処置することになるだろう。ここでは初めて行う処置だ。失敗するかもしれんな、むふふ」

「好きに笑え！　じゃあ僕のパートナーが今どこに居るのか、答えてみろ！」との怒号に返事はない。しかし万一、プロセシアが分離されることになったら、無機物の生命体、その祖だから、現代のパートナーと同じ方法を使えば体の造りが違うので〝死んで〟しまう！

……僕のプロセシアはすでに喜怒哀楽も痛みも、そして独りよがりな思い入れかもしれないが、やさしく無上なる愛情も、強く激しく知る生き物なのだから――。

この静かな想いを、本能とやらを得たばかりの相手は、察したのだろうか。

「お前はまず、腕につけたリンク装置を切れ」

生き肝を抜かれたポリス部隊を事実上、率いるオオカミ・タイプの一匹が警告してきた。

そのとおり、切らねばならないのはこの悪逆《あくぎゃく》の施設電力系だ。

ポリスたちもパチパチパチパチと手を叩き、うなずいている。これでは人間たちには、なにも期待できない。もはや人間はさっき告げられた「人間型ウイルス」と見なされており、ＡＩ法は通じないと考えた方がいい。

「断る！」と、ハリュウは「人間」たる怒りの本能むきだしに、どなった。

「……切れ。どうして拒む？　オレは最適な行為を言っているのだぞ」

威嚇《いかく》する前傾姿勢を崩さない中型オオカミ・タイプは、リンクを断ち切ることで自分たちのような、あうんの呼吸もなくなると「直感」し「警戒」している。リンク装置はパートナーとの、きずなを示す重要なもの。

それが形骸化《けいがいか》されたうえ、人間とパートナーの関係さえも逆転しつつあった。ハリュウの背すじを戦慄《せんりつ》が走りぬけた。

しかし相手はまだ〝本能の初心者〟であり、うまくあつかえていない。ここはひとつ、本当の挑発の仕方を教えてやろう。命がけの挑発になってしまうけれど……。

「僕は弱そうなお前の指示には、したがわない。お前よりずっと勇ましそうな、後ろのリーダーの指示なら考える」

「オレは絶対、弱くないし、お前はオレの指示にしたがうべきだ！」

「ふふん。そんなこと言ってもダメだぞ。本当はリーダーが怖くて、逆らうと泣かされちゃうから、お前こそ指示にしたがっているんだろ？」

思いきり声を鼻にかけてやったが、そこまで演じる必要はなかったかもしれない。血気盛んな本能にふりまわされていた先陣のオオカミ・タイプが、後ろにひかえる同型タイプへ飛びかかっていったのだ。少しソフトな金属の激突音が、まばゆい火花を散らし広がっていく。

「オレはお前なんかに泣かされないぞ！」

「ウオォーン！　貴様、言われたとおり泣かしてやる」

遠吠えさながらの声を響かす改造されたパートナーたちは、ハリュウの予想以上に退化、ええっと、幼い子供みたいになっていた。目の前の〝獲物〟そっちのけで、お互いの硬いノド首を噛み合う格闘戦が始まった。チャンス到来！

ハリュウはリンク装置へ声高に吠《ほ》えた。

「テスラ式無線供給での電力受信装置を、壊してくれないか！」

〈待ってました！　いよいよわたしの出番ね〉

この楽しそうな応答に、ハリュウは不安を覚えた。まさかここでの出来事や人間、そう、こんな僕と記憶をともにしたので、プロセシアまで本能がうずき出したのではあるまいか？

ここへ別の声が割りこんできた。ソプラノ感たっぷりながら、威圧感をただよわせる男性的な声。元サヤカの改良されてしまった中型ユニコーン・タイプが馬体で立ちはだかり、凶器にふさわしい角の狙いを定めてくる。

「キミはまたもクーデター騒ぎを起こすのかい？」

ユニコーン・タイプは前の蹴爪《けづめ》で床を引っかき、野性的な雰囲気のままつづける。元サヤカはオロオロしたしぐさをとり、何もしてこない。

「悪あがきはよくないね。残念だけどキミの大型パートナーは捕えられて、改良準備の最中なんだよ」

「ウソだ！」とどなり返したものの、驚きだ。機械は確かな情報を伝えるのが仕事であり、そんな論理的思考ができる点を、ほこりにしていた。最大の特徴だった。それが今、人間の素材をベースにした有機金属細胞を得ることで、あっという間に、不適当な情報を与える存在になり変わってしまった。

つまり良かれ悪かれ人間の特権だった「大ウソつき」にも、なれるように変わった。こんな電子頭脳がどんどん退化している。この先の世界はもはや――。

「僕はお前がウソをついていると知ってるぞ！」

「な、なんでだよ！」

ハリュウは今にも突っこんできそうなユニコーン・タイプへにらみを利かせ、きっぱり言い放った。人間の柔軟性を奪った機械でも、経験不足はおぎなえていない。知識は実際に使っ

てみて、身につくものだから。

「知りたいか？　僕はいつだってウソつきだからだ」

「ウソをつくのがウソ(※)で、でもいつもウソをついていて……」と、ハリュウがかました時間稼ぎのハッタリに、頭でっかちなユニコーン・タイプは見事に、はまりこんだ。ウソもハッタリも、堂々とぶちかますのが鉄則なのだ。

功を奏した時間稼ぎに、プロセシアが応えてくれた。悪夢の施設内の照明が暗くなり、消え、人間とパートナーを乗せた流れ作業のようなラインも、完全停止する。機器が放つ音もなくなり、水を打ったように静まり返った。


最低限の犠牲者で、アダムの野望を食いとめられた。そう思った直後だった。

「わ、わぁぁぁぁぁ！」

混乱の色おびただしいユニコーン・タイプがメチャクチャなしぐさのまま、元サヤカのところへ走り始めたのだ。彼女は一本角の脅威には、気づいていなさそうだ。元サヤカは身動きひとつしない。いや、自力で避《さ》けることすら、判断できていない。

ハリュウの頭には思い出に近い本能のうなりがこだまし、とっさに角の前へ身をていした。元サヤカの盾になった。

「うぅっ！」

ズブリ、と肉をつらぬく音が響きわたる。それでもハリュウは、女神様が告げていた「砂漠への一滴になろうと、気力をふりしぼった。

「……こ、これが、ほ、本能の、まことの、姿だ」

しかしハリュウのささいな願いは、まったく叶わなかった。元サヤカは淡々《たんたん》とした態度を崩さず、機械のような冷徹な考え方を口にしてくる。

「ハリュウくんは、自分の犯した罪をつぐないたかったのね」

「……そ、そんな。僕は、ただ君を、き、君──」とつぶやく口から、鮮血がこぼれ出た。さいわい、心臓はつらぬかれなかったが、腹のど真ん中をやられた。まもなくすべての時間切れになるだろう。

「サ、サヤカのいうとおりにしなかったから、キミにバ、バチが当たったんだ」

なさけない声で人のせいにしたユニコーン・タイプにも、アダムが望むような未来はおとずれやしない……決して。せめてもの救いだと考えたハリュウだったが、自分自身の考えにすら裏切られることとなる。

「病院施設はここだけじゃない。一時停止したところで、計画は進んでいく」

「く……そっ」

これはようやく我に返ったオオカミ・タイプの吠《ほ》え声か？　目がかすみ、自身の状態もわからなくなってきたハリュウは、口を開けば声の代わりに鮮血があふれ出るありさまだ。プロセシアへ思い切って最期の言葉を……、胸のうちを告げることもできない。

「金属細胞を使って」との声も聞こえるが、たとえ、できそこないだろうと、この頭だけは牙城《がじょう》として誰にも侵《おか》されたくない。

みるみるハリュウは体が凍りついていき、永遠なる闇の中へ落ちそうになった。しかしまだ、考えはめぐらせられる。ハリュウは懸命に「生」への執着《しゅうちゃく》をはかった。

……アダムが大統領のパートナーだったのなら、研究は政府レベルで推進されていたんだろう。研究の内容も、強い権力を使えるアダムが変質させたのかもしれない。ただアダムはパートナーを裏切ったワケでもなさそうだ。

人間への思い入れが強すぎて寝首を取ることができず、かといってアダムは無機物の生き物だから、その仲間相当のパートナーたちを子供のように思い、はぐくもうとした。この時点でもう、世界平和のための研究はダッチロールを始め、収集がつかなくなった。

元から政府主導の研究で、施設の建設だから、どれだけ数があるかわからないし、アダムが大統領になったのなら、研究結果の暴走をとめられる者はいない。やはり一度、砂漠化してしまった大地を緑豊かな肥沃《ひよく》な土地へ戻すことなど、不可能だったのだ――。

「う……うう……」

悔しさとやるせなさにつぶされ、ハリュウは涙を流しながら、静かに息絶えた。今度ばかりは誰も、何者も判断を下さない。とある例外を除いて──。

刹那！　けたたましい破壊音をとどろかせ、この改造施設の屋根を突き破ったのは、大型ドラゴン・タイプの体を輝かすプロセシアだった。

床に倒れたハリュウは心肺停止状態へ、そう、あの世とこの世の境をさまよっている。これを予想できず、施設の電力受信装置を壊したのは、この身だ。自分がハリュウを殺してしまったのに、ひとしい……。

だがプロセシアは後悔するより行動を先にした。ぼんやりした雰囲気の、大型ヤマタノオロチ・タイプへ、プロセシアは早口でまくし立てていく。

「あんた、ほらさっさと、施設のバッテリーになりなさいよ！」

「え？　ボクはここを警備するのがお仕事でぇ、電力供給のバッテリーのお仕事はぁ──」

図体だけ大型、いいえ超大型タイプでも、この複数首のヤマタノオロチ・タイプはあえて改造されない限り、警備向きとはいえない。ハリュウの話どおり、世界は生ぬるくゆるみ切っている。

だけどプロセシアの第一関門はより低くなった。有無をいわさぬ調子でプロセシアは声を張りあげ、言葉で超大型タイプをピンタする。

「あなたにたくさんの首があるのは、施設のあちこちへ、端子として電力供給するためなの！　つなげる〝配線〟がたくさんあれば、非常時に役立つでしょう？」

「へ〜〜え、そうなのぉ？　ボクはてっきりね、同時にあちこちを監視するために――」

「いえいえ、あんたは深く考えないでいいから。早く施設を稼働《かどう》状態へ戻してちょうだい！」

と戦闘になったら苦労したはずの相手を、威勢のいいハッタリで押し切った。これはリンク装置越しに、ハリュウのウソやハッタリを見破り、心をニンマリさせていたからできたこと。

リンク装置からはパートナーのバイタル・データや、心情に近い部分も自動送信されてくるけれど、ハリュウはこの身へも、ウソやハッタリをかけているのかしら？　プロセシアの本能は切々と不安感を伝えてくる。しかし別の野性的なカンは、とにかく急げと行動をうながしてきた。

「どいて、どいて！　わたしにはここ、狭すぎるから〜〜」

大型タイプの身を施設内へねじこませ、プロセシアはふたたび稼働し始めた機器のうち、不要な物へ体当たりした。跳ね上がってから飛び降り、ぺしゃんこにもした。

（ハリュウをよみがえらせたい――）

これは究極のわがままであり、また、プロセシアにとっては本能部分がうながす極限のふるまいだった。そしてハリュウが憎しみとも感じる目で眺めていた施設を拝借《はいしゃく》し、そのうえ忌避《きひ》された処置をほどこすことになる。

文句を言われるどころか、ハリュウに忌《い》み嫌われてしまうかもしれない。そのときは正直に頭を下げよう。でも自身の直感では、ハリュウはこんな中途半端なところで死にたくないと嘆いているはず。

「この施設も、世界の統治権限も、このわたしに移りました」

周囲へ首をめぐらせ、プロセシアは声高に告げた。ハッキングの最たるものだが、アダムが大統領になっていて、加え、同じ生き物でもあったため、多くの認証機構をたやすく誤認識させられた。勘付かれるより前に、すべて対処すべし！

「ポリス部隊はさがりなさい。アドミニストレータ、いえ、管理者および統治権限を持つ、わたしの命令ですよ！」

「承知いたしました……」とは中型オオカミ・タイプの返事だが、金属の口元を悔《くや》しそうにギリギリさせている。プロセシアは声と態度を威圧的なものへ変え、言葉を脅《おど》すように繰り返した。

パートナー連中が本能を得たというなら、弱肉強食との考えには、逆らえないはずなのだ。怒りの眼光《がんこう》をたぎらせたオオカミ・タイプたちだったが、まだ機械が持つ論理的な考え方は残っていたらしい。しぶしぶと四足の身を引いていく。

（これでいい）

まずプロセシアは片手でハリュウを抱き上げると、金属の体へ定期的な電流を走らせた。それに合わせ、ハリュウの手足が、体が、ケイレンするようにピクッピクッと反応する。これは心臓を鼓動《こどう》させる、旧世代に使われていたペースメーカーと同じカラクリだ。

「サヤカさん、手伝ってくれますか？」

「ええっとぉ、どうしよう。ファラデー、どう思う？」

痛ましい状態のサヤカさんは、素知らぬしぐさをしているパートナーへ問いかけた。親しい人の生死がかかっているというのに、この人間ももはや自分自身では何も判断できない。しかもファラデーは「ハリュウに関わると危険だよ」とあいまいに応じ、サヤカさんをますます混乱させてしまう。他者への温情は本能にふくまれないの？　近く、間違いなく現代文明は自然崩壊する――。

わずかでも期待して損をした。あつかい始めたばかりの「本能」とやらで、危険人物だと伝えているのだろう。実に都合のいい本能、いいえ、これが論理的な本能なの？

次に、プロセシアは小さく首を振るうと、大型ドラゴン・タイプと人間とでは似合わない、ある行為の決断をくだした。

「わたしは大きいけど……。ハリュウ、ちょっとガマンしてね」

「……」

つぶやくプロセシアは鮮血のおびただしい、ハリュウの口へ自身の大きな鼻先を押しつけた。そのまま人間のとても、とても小さな肺を破裂《はれつ》させないよう、ありったけ加減して空気を吹きこむ。

自身の口が血濡《ちぬ》れようとも、マズル部分の忌まわしい記憶が思い出されようとも、関係ない。人工呼吸も一定間隔《かんかく》で繰り返し、最大の問題時になる、つらぬかれた患部の治療について考えた。

この病院施設には細胞の急速培養《ばいよう》機器と融合機器があって、神の領域を侵していた。人間もiPS細胞(※)の技術を元にした再生医療を、当たり前のように受けている。

(再生医療もここまで進んでるんだから、……きっと助かるわよ!)

そしてその成功率に、精神のエネルギーと言おうか、それが関連しているとわかったのは、のちのちのこと。簡単にたとえれば「生命力」「精力」ともに、そろった細胞を使わないと重篤《じゅうとく》なケガでは、うまくいかないケースがあるのだ。

はたしてここに、いいえ、この世界に精力いっぱいの細胞が、ほんのわずかでも存在するだろうか?

その答えは意外なところからおとずれてきた。つまらなさそうに蹴爪を動かすファラデーが、今度は「物欲」のとりことなっている。

「プロセシアの腕のやつ。リンク装置じゃないね。金のブレスレットかぁ。いいなぁ、それ」

「……これよこれ。ハリュウの皮膚片はついているでしょうし、あのときのハリュウなら

――」と、期待に金属の体すらふくらみそうになったものの、破損した遺伝子情報（細胞の設計図）は、ここの機器が復元作業を行う。

しかしもしハリュウが別段、意識せず、動物にエサを与えて気を引くような感覚で、金のブレスレットをプレゼント、としたのなら、精神のエネルギーは皆無に近い。この悪夢の施設が、細胞に余計なことをするかもしれない。

（でもあのとき、そんな気持ちじゃなかったと、わたしは信じる！）

抱き上げているハリュウの体は、どんなに内蔵ヒーターを使おうとも死の冷たさへ下がっていく。ハリュウを独りにさせないと誓った代わりに、ハリュウもこの身の長い長い孤独は終わったと、告げてくれたでしょう？

〈システム再稼働。機器のコントロール権限を、わたしに移しなさい〉

準備を整えたプロセシアは、施設の機器ネットワーク網へ指示を飛ばした。レールの上を流され、大きな機器のなかへ吸いこまれていく、ハリュウの倒れた姿をプロセシアは静かに見守る。権限はすべて掌握《しょうあく》した。いざというときは機器を緊急停止させるだけ――。

病院施設の役員室で、ぼーっとイスに腰かけている作業着の施設長をしり目に、小型ガーゴイル・タイプはホットラインのロックを解除し、さっそく声を震わせた。

「ボク、〝人間型ウイルス〟に殴られたんだよぉ。パパもママも、やれって言ってないよね？」

「ほほう」

人間型……ウイルスか。ウイルスは生命体ではない。これで仲間たちも、堂々とＡＩ法のしばりをムシできるようになったわけだ。

誰が考えだしたのか知らないが、自我のないウイルスとの言葉は、ぴったりだと思う。パートナーたち大型、中型、小型タイプはすべて、ゆるやかなネットワーク網で結ばれていたので、「人間型ウイルス」という言葉が一気に使われるようになった。

「それにね、ママがここで妙なこと、始めてるんだよ」

「本当に……ママ、なんだな？」とうねる轟音《ごうおん》の声がホットライン越しでも、ビリビリ響いてくる。ホログラム通信ではないものの、小型ガーゴイル・タイプはうんうんと、見えるように大きくうなずいた。

つづけて「権限がどうとかって言ってたよ。アドミ、なんとかって」と金属のボディーですがりつくよう、ガーゴイル・タイプはうったえかけた。

「同じ種としてイブの夢は叶えてやろうと、大目にみていたが、……今も昔も慈悲《じひ》の心はわからんようだな。よしわかった。愛しき我が子たちよ。わしがこらしめてやる」

言葉はこう締めくくられ、ホットラインも切れた。

他方では、うす暗くゴツゴツした岩肌と焦熱《しゃくねつ》地獄のなか、パパと呼ばれるアダム大統領も、内蔵された通信系の一部を、いきんで圧壊《あっかい》させていた。

知識でしかなかった「痛み」を感じられるようになったアダムは、絶望の痛みもまた、生々しく食らっていた。とても……痛い。

せっかく機械のふりをする屈辱《くつじょく》から解放され、肉体どころか心の痛みまで知覚できる生命体となり、祝福する仲間たちも増やしたのに……、イブはこの身の想いをわかってくれない。

こちらへ、負の感情、負の痛みばかりを、これでもかこれでもかと叩きつけてくる。パートナーだった亡き大統領には悪いが、この世界の統治やコントロールなど正直、どうでもよかった。

イブが、いいや、イブと未だ気骨《きこつ》を残す人間が結んだような、きずながでされば、それで十分だったのだ。そのためのくわだても、おかしな具合になってきている。

無機物の生命体であっても、原始の自然界が誕生させて、はぐくんだのには違いなく、しょせんは神の手のひらで、踊らされていたようなもの。しかし計画すべてを白紙に戻し、イブをむりやり振り向かせる手段は、ひとつある。

「わしらはみな、古代からのやり直しになるだろう。それはそれで上等だ。わしは一度、経験済みだからな」

咆哮《ほうこう》をとどろかすアダムは、金属の体でも溶け落ちそうな高温地帯を作り、歩んでいく。

＜第三章＞原始の地球で起きたこと──。

自分自身が心神耗弱《しんしんこうじゃく》状態に陥《おちい》っているのには、気づかずに……！

ふとアダムのかたわらから、激しくガスが吹き出した。これは……、いいアイディアだ。

さっそくアダムは、奪われた管理権限の一部を、そっと取り返した。ふふ、政府連中のお目付役だったガーゴイル・タイプは実に役立ち、実に……あっけない最期となるだろう。

＜第四章＞
真心のメカニズム

（1）ドラゴン・タイプのツンデレ

静かな病院施設。そこにはプロセシアが祈るよう見守るハリュウの体が、一定速度で回転する機器の中にあった。これが細胞の融合をうながす最終段階だ。あと少し、この状態がつづけば、うまくいって――。

その矢先、施設の各部から気体が吹き出る、荒っぽい音が広がった。

「しまった！　機器の一部がコントロールできない！　権限を奪い返された。有毒ガス？」

声を高めたプロセシアは、人間たちを、とくにハリュウをピンポイントに狙ったものかと考えた。プロセシアも呼吸しているが、俗に言う肺活量が大きいので、かなりの時間、息をとめても問題はない。しかし忌々《いまいま》しい攻撃の仕方だ。

さっそく吹き出る気体を調べてみると、人間にも、この身にも、まったく無害な高濃度の酸素だとわかった。それ以外の成分は、ふくまれていない。

「……どういうこと？　これから火でも着ける気かしら」

プロセシアがささやいた直後、施設内のノイズ音がどんどん静まっていき、ハリュウを囲う機器の回転も急激に遅くなっていった。すぐにでも、とまってしまう。

最初、プロセシアはバッテリー代わりになっている、超大型ヤマタノオロチ・タイプが勘付いてしまったと思った。だけど違う。

電力供給の接点、そう、端子だと言ってやった複数の首と頭は、要所をしっかり咥《くわ》えたまま だ。

「ちょ、ちょっとどうしたのよ～～！」

ところが超大型タイプは、強風が吹いても、こちらが呼びかけても何の反応も示さない。

現代の機械はタフな造りであり、自己診断も行うから、故障してすぐにとまるというのは、この自分みたいな見た目だけ無機質な機械っぽい生命体くらいだ。

「ファ、ファラデー？ どうしちゃったの？ 答えて！」と悲鳴に近い声をあげるサヤカさん。

サヤカさんのユニコーン・タイプ、ファラデーも微動だにせず、下がれと命じた中型オオカミ・タイプたちも、離れでリアルな彫像と化していた。よだれさながら、水をだらだら流しながら……。あっ、水！

ここでようやく、プロセシアは原因に思い当たった。流しているのは唾液ではない。

「パートナーたちの多くは水素をエネルギー源としてる。むりやり酸素を〝食べさせて〟、化学反応で一気に消耗させたのね」

ええ、水素は酸素と化学反応してエネルギー源となったのち、水へと変わる。水が廃棄物なのだ。そのため環境にクリーンなエネルギー源とし普及していた。だけど超高濃度の酸素地帯で使われるとは、想定外だったのだろう。

生命体へと改造されたパートナーも水素は、呼吸だけでは足りず、ステーションでたまに補充する（食べる）必要があるのだ。いきなり高濃度酸素を食べる要領で呼吸してしまい、備蓄の水素まで失った……。

パーツ類の故障でもないし、この身の頭脳と違い、容量に限界はあるけど記憶は守られるので、水素を補充すればパートナーたちは全快する。回転していた機器は、超伝導磁石《ちょうでんどうじしゃく》を利用した構造だから、必要な磁力は電力を失っても、すぐには消え去らない。

しかし治療のため、ドラム部分を機械的に回転させねばならず、こればかりは電力がなければ、お手上げだ。重量級の部品なので、自分ひとりでは回転させられない！

「あぁ、大切なハリュウが逝《い》ってしまう！　唯一無二なハリュウ。わたしのハリュウ！独りにしないで！」

痛切なプロセシアの声が施設内をこだまし、とどろいた。仮に細胞が退化していこうとも、救世主気どりに、ならなければよかった。ハリュウが金属細胞を得ていたら、ケガそのものと無縁な体になっていた――。

「……あの、プロセシアさんのハリュウくんなの？　ハリュウくんは他に代われる者がいない存在なの？」とは、冷やかな調子のサヤカさんの問いかけだった。きっとファラデーが判断できない状態だから、この身を代役にしている。パートナーという存在へ依存し切った文化は、そのままだけれど……。

ある意味、ファラデーが人間への態度を変えることで、逆に人間側も微妙に行動が変わった気がする。パートナーへの過度《かど》な依存《いぞん》が、人間の文明をおかしくしていたと考えていたけれど、もしかしたら解決方法は――。と、くだらない推理ごっこはここまで。

息は吹き返しているハリュウが、手術台のような場で、わずかに身を動かしたから。ハリュウの戦いに、理論なんてムシして自分も加わろう！

「く、くくくっ……！」

機器の回転する部分をプロセシアはひとりで押す。この身は図体だけがデカイ大型ドラゴン・タイプだったのか？　こ、この！　でも力が……足りない！

たぶん無機物の生命体ではなく、本当の機械でできたドラゴン・タイプなら、もっともっと力は持っていたはず。この身は見た目だけ機械っぽくて、肝心なところはどっちつかずの役立たずだった……。不意にサヤカさんが、プロセシアと行動を同じくしてくる。

「わたしもお手伝いするわ。パートナーは何物であっても、悲しませたらいけない」

「それは……悲しませるのが論理的じゃないから？」とプロセシアは意地悪な問いかけをした。そして相手が仮に「そうだ」と答えても、助けを拒まないと決めていた。サヤカさんは真顔のまま首を横に振る。

「ううん。パートナーの涙はみたくないからよ」

「涙……」

この施設の管理権は奪っていたため、ホットラインもモニターできていた。ガーゴイル・タイプは「ウイルス」と言ったが、まだ……人間はまだ「人間」であり、AI法の定義から外れる「人間型ウイルス」へまでは堕《お》ちてはいない。どんな生き物だろうと非生命体の「ウイルス」なんかに、おとしいれたらいけいない！


「ぼくも手伝います」

「あたしも手伝います」

流れるラインに乗せられていた裸の人間たちが身を起こし、実に人間的な連鎖《れんさ》反応をスタートさせた。失いかけて、奪われもした人間性は、わずかに残っている。これは絶対に、消してしまったらいけないもの。

「あ、ありがとう。本当に……ほ、ほんと！」

よろこぶプロセシアへ、小悪魔が不安な心を注ぎこんでくる。機器を回転させるのはいいけれど、きっちり定められたスピードにしなければ、磁力の共振と共鳴は引き起こされない。

しかし先頭に立って機器のドラムを回転させるプロセシアは、最初で最後、有機金属細胞との同化処置に感謝することになった。助っ人してくれる人間はみんな、同化のメリット部分を活かし、体を機械的にコントロールしているのだ。

（回転スピードは完ぺきに設定値と同じだわ！）

その的確ぶりは失礼なたとえだけど、高度なアンドロイドそっくりだ。人間が「進化した」と言えなくもない。

反対に機械のふりをしていて、その実、無機質生命体のこの身では、意識をかなり集中しておかないと金属の手足がぶれてしまう。

（あせったらダメね。デリケートに、デリケートに……）

まもなくあらゆる力と可能性をかき集めることで、一見すると服の破れ以外、ハリュウの体はスマートな姿へと戻っていた。寝息のごとく、おだやかな呼吸音も聞きとれる。だが肝心のハリュウは仰向《あおむ》け状態で瞳を閉じたまま、目覚める気配をみせない。

せっかちなプロセシアはがまんできなくなり、大きく角ばった頭部をもたげてハリュウに重ね、揺さぶりながら声を大にした。リンク装置から送られてくるバイタル・データも、血圧はやや高めだが、気にするほどではない。

「この寝ぼすけハリュウ。起きなさい！」

「地震を検知しました。僕は自衛機能を働かせます」

「ま、まさか……。ハリュウも金属細胞の影響かなにかで——」

ハリュウは奇跡の祝福を受けて、よみがえった。しかし抑揚《よくよう》なく言葉を告げられ、プロセシアは全身が凍りつく心境になった。最大限にコントロールと監視をしていたとはいえ、治療のため、ここの機器を使った。ハリュウは「人間型ウイルス」に変えられてしまったのか——？

パチパチパチパチ。

この戦慄《せんりつ》をよそに、ひとときの人間に戻っていた助っ人のみんなが、淡々と拍手してきた。反してプロセシアは長い首をだらりと垂らし、大きく細長い頭部を振る。

結局、大切なわたしの王子様は、心が眠らされたままになった。

「ハリュウは、……機械の森で眠る王子。雌雄《しゆう》の違いはあるけれど」

ふとした考えでプロセシアの頭に、論理なんてぶっ飛んだアイディアがひらめく。

ただ……その……、それはおとぎ話であるし、大型ドラゴン・タイプの体でするようなものじゃない。人の目、ロボットカメラの目も多いし、でもおとぎ話は真実を抽象化《ちゅうしょうか》した結果との仮説もあるし——。

ええい、もういい。これからハリュウには「ツンデレ」なんて言わせない！

たくさんの想いをこめ、プロセシアはハリュウの口に、慎重にやわらかく金属の口をつけ、「眠りから覚ます魔法」をかけてあげた。久々、本当に感じていなかった「照れ」という心のたぎりは、体にまで伝わり、なんだかほてってくる。肝心のハリュウは……。

「ふふっ。僕の考えと同じになったね」

「あっ、あぁっ……こ、この！　わ、わざとキスさせたわね、変態！　いいえ、わたしの大きすぎる口先は凶器になるのよ。ハリュウはマゾだったのね、マゾ〜〜！」

プロセシアは気恥ずかしさのあまり、ムチャクチャにどやしてしまった。内心では跳びはねたいほど、よろこんでいるのだが、なかなか自分に正直になれない。ハリュウは身を起こし、手を横に振ってあれこれ言い返してくるものの、これは「人間」である証。

「それでは、わたしがお体の具合を確かめてあげましょうね」

不気味な雰囲気をよそおったプロセシアは、人を鷲掴《わしづか》みできる手、握りつぶせるほどゴツゴツな手をハリュウの体へまわした。そして持ちあげてから十分、加減しつつ金属の指に力を入れてみる。精神的に殴られた、お返しの意味合いが強い。

「痛たたっ！　プロセシア、指が。指、食いこんで痛いってば！」

「はーい。体の痛点に問題なーし」

「だから体は大丈夫だし、僕はこういうマゾじゃない」

「あらら、やっぱりマゾだったのね？」と皮肉るように、愛想笑いも意識し首をかしげてみる。こりないハリュウはまだ「ツンデレもマゾも似たような意味の死語だろう！」と手足をバタつかせ、しぶい声を投げてきた。ギブアップとばかり、掴《つか》む手はガンガン殴ってくる。

「また死ぬぞ、これは！　プロセシア、力比べはまた今度に……！」

ぎゅーっとされても暴れまくるハリュウは、れっきとした論理かつ知性にもとづいた考えがあったんだともいう。いっそもっとぎゅーぎゅーして白状させようかしら。プロセシアは疑心暗鬼《ぎしんあんき》の目で、もがくハリュウを見つめていた。

「……クス、クスクス」

「ん?」

自分のものでも、ハリュウのものでもない声が転がりこんできた。小さくて、まさしくリミッターがかかっているような雰囲気だけど、まぎれもない笑い声だ。改造された身ながら、助っ人してくれた、みんなの笑い声。これって……!

ハリュウが鷲掴みしている、こちらの指をぽんぽんと叩いてきた。そ、そうね。のんびりする時間は、いずれまた。うなずいたプロセシアは静かに手を床までおろし、ハリュウがよろけたり倒れたりしないよう、注意をはらいつつ指を広げていった。

「これ。解決方法をみつけたよ。キーワードは歴史の中にあったんだ。ツンデレやマゾ、これが答えだ! 問題はどうやってパートナーのみんなを変えるかだな」

「はい?」

プロセシアもぼんやりと、答えをみつけかけてはいたものの、さすが元、ベースボールのピッチャーだっただけあり、ハリュウの言葉はあまりに剛速球すぎ、うまくキャッチできなかった。彼の真意がよくわからない。まぁ大切なハリュウに対してだったら、ツンだろとマゾだろうと気にならないようにしてあげよう。

「ダメなんだよ、それじゃ」と強い語気でハリュウ。プロセシアはありったけの想いやりを発揮《はっき》したつもりだったけれど、あえなく完全否定されてしまう。さすがにプロセシアの強力な頭脳も混乱してきて、探るよう言葉をならべることしかできなくなった。

「つまり……わたしたちみたいにツンツン（怒りあう）するのも、デレデレ（甘えあう）するのも……、ときと場合によって必要ってこと？」

「わかってるじゃないか。パートナーたちがデレデレだけのメイドや執事に徹しちゃいけない。ときには管理人のごとく毅然《きぜん》とした態度〝ツン〟も必要なんだ。喜怒哀楽の感情は、細胞を刺激して活発にするって研究もある！」

もう少し病弱な体でもよかったハリュウが、元気いっぱいにビシッとこの身を指差し、断言した。事態解決の糸口は、確かに見えてきた。ただプロセシアにはひとつ、深い深い疑問が残る。

「あのね、マゾがいいって話は？」

「そ、それは。……いちいち細かく気にしすぎると血圧があがるぞ。ははっ」

「血圧あげてたのは、ハリュウの方じゃない！」

あれは内心では緊張してたってことね。マゾっていうのは、おそらく個人的な性癖《せいへき》に違いない。応えるわたしはサドになるのね？　そしてポリス部隊にくっついていた中型オオカミ・タイプもハリュウへ、サド的にふるまっていた。

不意に施設内がうす明かりで照らされ、機器類が動くノイズ音が高まってくる。どうやら超大型ヤマタノオロチ・タイプの人間側パートナーか誰かが助けを求め、備蓄《びちく》の水素燃料を補給してしまったのだろう。

電力の供給とともに、人間とパートナーとの改造処置まで再開された。最悪なのは、バッテリー代わりの「オロチくん」はもとより、すべての機器類へのコントロール権限を奪い返されたこと。

「プロセシアは、普及しているパートナーたちへも、「古き良き心を取り戻す方法——」を」

「待って！」

まだ何か話そうとする、ハリュウの口をプロセシアは冷やかな指先で押さえ、とめた。どんどん権限を奪い返されているというのは、こちらを監視したり攻撃、捕獲《ほかく》したりする敵が増えているのと同じだ。

そして、パートナーのみんなへ「古き良き心」を復活させる方法は……、ひとつだけ。

パートナーや無機物の機械が自我を持つのは、簡単なことではなかった。この身も、さらにはあのアダムも、悠久たる歴史のなかで、はぐくんできた「たましい」や「心」は「コア・パーツ(※)と呼ばれるモノに触れることで誕生したと思われている。

まさしく、わたしたちを育ててきたコア・パーツを活用すること……。それで無機物の生命体であれ、有機物の生命体、主に動植物たちであれ、進歩し、ともによろこべると信じて……結果、この惨事《さんじ》をまねいてしまった。ハリュウの編み出した解決方法は、成功するというか、間違った方向へ進みだした文明へ、再度のコース変更させていくものかもしれない。

少し前までは、人間もさまざまなタイプのパートナーも、いっしょに仲良く地球の文明をいとなんでいたのだから、その状態にまで戻してやればいい。そう、人間もパートナーもお互いを尊重し、「古き良き心」こと、甘えたり怒られたりを繰り返して、心を磨《みが》き合っていた時代へ……。

(そうよね。人口の激減が加速し、人工知能への愛、真逆のAIからの恋慕《れんぼ》(※)が禁止されてから、ギクシャクしだして世界がよけいにおかしくなったのよ)

ある年齢に達した人間ひとりに対し、いずれかのパートナーとペアになるのが慣習となり、やがて当たり前の常識と化した。だからパートナーのあり方や性質を変えれば、人間へも刺激が伝わり、真のユートピアへ近づけるかもしれない。

だからパートナーのあり方を変えれば、人間へも刺激が伝わり、真のユートピアへ近づけるかもしれない。しかしある年齢に達した人間ひとりに対し、いずれかのパートナーとペアになるのが慣習となり、やがて当たり前の常識と化した。

ハッキングして一時的に権限を奪い、パートナーの性質を変えられるだろうが、長くはつづかない。そのうえ一体、一頭、一匹、なんでもいい。ひとつひとつハッキングして性質の変化をうながすのは、数が多く物理的に不可能だ。

なにやらアダムがたくらんでいる有機金属細胞の作成や同化行為は、予期せぬ退化現象（※）にみまわれていた。これは自我を得た者の本能部分をいじったため、精神面が引き起こした、おそらく一時的な現象だ。金属細胞そのものが、原始的に退化しているのではない。

「ツンデレへ変える方法……。こうなるとひとつしかない……わね」


「え？　どうにかできるの？」と、期待のこもった目をみひらいたハリュウ。

「うっ……そ、そうね」

答えはこの身とアダム、また、死んでいった無機物の仲間たちがひたすらに、たましいを注ぎここみ「心」を産んだコア・パーツにある。

古くは、地球を一生命体とたとえるガイア理論（※）があったけれど、それと似ているかもしれない。パートナーみんなの大きな、「ひとつの自我の元」になるという存在がコア・パーツ。コア・パーツは「半物質」的なものとして現存するし、ハリュウが気にしていた「量子の世界」をふくむもの。異端な神殿でも、他の文明、他の生き物にも、共通する宇宙の根源。他言無用と、口にはしてこなかったけれど……。

ともあれ手順をふめば、コア・パーツの状態を変えられるかもしれない。ただ、古き良きコンピュータのリセットとは、わけが違う。工場出荷状態へ、……わたしたち生命体なら事故に遭《あ》って記憶を失うのと同じ。

仮にコア・パーツをうまく調節する（こんなこと、できるのだろうか？）手順をあやまれば、コア・パーツの力もあり、現在のような状態に進化していくパートナーたちは、旧世紀みたいに「プログラミング」という作業をしないと、動けなくなる。

当然、哲学者をも迷わす自我なんてものも、逝ってしまう。「プログラミング」で完ぺきな自我は作れなかった(※)のだから。

（そのとき、このわたしは……いったいどうなるの？　何になるの？　自我もなにも持たない無機物の単なる資材の山？）

今、感じている気分が、人間のたとえるところの「死の予兆《よちょう》」というものだろうか。陰鬱《いんうつ》で闇色をした希望のまったくない泥土の沼地へ、じわりじわり引きこまれていくような気持ちだ。確実な死を目にした、前菜にすぎないのか？

（コア・パーツのリセットと、わずかな希望……）

これしかないのか？　この身はもはや現実的に不可能だろうが、自我を確立するため、長く孤独だった時間を、もう一度、体験していかねばならない。下手をすれば、また、戦いの道具あつかいに、されるかもしれない。

修正かリセットに、完ぺきに成功しないと、なにより……、ええ、どんなとき、そしてどんな体験のときよりも楽しかった手料理のひろうが、できなくなる。よろこんで食べてくれたハリュウの満面の笑みを心から「味わう」ことも一切合切、虚空《こくう》のかなたへ吹っ飛んでしまう。

（もう一度……、もう一度、武骨《ぶこつ》な手料理だけど、食べて食べさせて、よろこびをともにできる機会がほしい――。わがままな望みなのかしら？）

機械のふりができるプロセシアにとって、この迷いと悩み、想いも一瞬のうちに展開されたが、もっとも求める「コア・パーツの修正、リセット」以外の手は、みつけられなかった。

プロセシアは残念で無念な気持ちをひた隠しに、大型ドラゴン・タイプの身をかがめ、ハリュウが首元の定位置にやって来るのを待った。危険だからどうする、なんて問いかけは無粋でしかない。

「さぁハリュウ。こんなところに、もう用はないでしょう？　行くわよ！」

「行く？」と短くハリュウ。言葉は疑問形だが、彼の信頼の笑顔は変わらない。

青空の下へ飛びだしたプロセシアは、安定翼《あんていよく》を気ままに広げ、目いっぱいの虚勢《きょせい》を張った。

あの場へ導くのは、自分の脳みそを、さらしてみせるようなものだけど、プロセシアは明るい調子を心がけ、ハリュウに、すでにアダムの手元にとらわれたコア・パーツについて、包み隠さず教えていった。自分の望みは叶わなくても、この世界が立ち直るキッカケになれれば、それでいい。

それに相手がハリュウじゃなきゃ絶対、コア・パーツのことは口にできなかったと思う。

ふとプロセシアは斜め後ろへ視線をやる。コア・パーツのところまで距離があるのはネックだし……、施設からコソコソついてきている、ふたつの影、とくに超大型な追手は厄介そうだ。権限も次々に奪還《だっかん》されているので、適当にごまかすのもむりだろう。

秘密の大部屋に集まる政府筋、そう、背広組は、非常事態宣言を早々に解除していた。クーデターを起こした張本人が、改良の処置を受けたという情報が伝達されてきたからだ。見守っていた大統領補佐官も、肩の力を抜いていく。しかもパートナーの後を継がれたアダム大統領が、〝つがい〟ことイブへの対応をも約束してくださっている。あちこちに建設された改良処置施設もフル稼働しているとのこと。

「ところで退化がどうのこうのと、耳にしたんですがぁ？」

「ええ。それなんですけど……」

この問いかけには、すでに若い女性とともに処置された小型クジャク・タイプが事もなげに応じてきた。言葉つきは整いすぎていて、妙にぎこちない。

「大丈夫です。アダム大統領がなんとかします。みなさんもユートピアへ入ったら、すべてから解放されるのですよ」

「おお……、すばらしい〜〜」

この大部屋の男女は、アダム大統領へ国の統治まで任せきりで、コントロール権限をのっとられた遠隔操作《えんかくそうさ》が目の前で行われたと一切、気づいていない。

「さぁ、改良処置を進めていくのです」とクジャク・タイプの口をトレースするかのごとく、最果ての地に居るアダムの鼻先が動く。心でほくそ笑んだアダムは「練習」を繰り返した。

「わたくしも早くユートピアに入りたいわぁ」

地獄さながらの大穴に身を横たえたアダムは、うなずく。一部、改良された人間をあやつり人形にすることも練習の末に、できたからだ。これは思わぬ副産物であって、まもなく使うときがおとずれるやもしれん。

しかしアダム自身は後悔もしていた。イブがコツコツみがいてきたハッキングをふくむ機械に関する技術、自分自身の体の造りについて、考えたり知識を仕入れたりしてこなかったからだ。

イブのサルまねをしてハッキングだけは、なんとなくできたり、できなかったりする状態にまではなれたが、アダム自身をこの地位にまで押しやった肝心のコア・パーツの能力すべては理解していなかった。

とくに、この身の苦しみを救うかもしれない「コア・パーツ（世界）の初期化」の仕方が、まだわからないのだ。そう、アダムは、人間の世界に近づくと同時に、死ねない無機物の生命体が初めて知った「自死」という魅力的な結末に、誘惑されていたのだ。

あの女神、あの超古代文明の連中は、コア・パーツの存在すら知らなかったはず。教えたらコア・パーツを変化させられ、この自分が牛耳られると思い、伝えもしなかったのだが、裏目に出たか？

そんなコア・パーツは、たとえるなら「角のある球体」と呼べる、存在そのものが異質で異端なもの。直視しつづけると異次元のような不自然さゆえ、気が狂うと伝えられていた。

しかしアダムは意識を保ったまま、不変不動で永遠の安定性があるとみこまれたらしい断層の間から、すでに掘りだしている。

そしてパートナーと人間への計画を進めた身の、最後の責務として「初期化」せねばならない。ところが自らの手でできないジレンマは、アダムのなかでどんどん暴れて大きくなっていく。いっそ、コア・パーツを破壊してやろうか――。

女神気取りで地球から旅立った文明が、見落としたこの場のある欠点を、アダムは見つけ、わざと活性化させてやった。灼熱の業火を辺り一帯へ広げていく。こんな地獄こそ、物事の終わりにふさわしい。この宇宙ですら天地開闢《てんちかいびゃく》の火の玉、ビッグバンから誕生したとされるのだ。

「ふふ、どれ。わしが耐久テストをしてやっても、悪くないな」

うなれる声でつぶやいたアダムは、ひと抱えほどの「角ばった球体」を掴み、焦熱している荒くれた崖へ、フルパワーで叩きつけた。天然の危険な鉱床《こうしょう》がわずかに崩れていく。

(2) 未更新に見出す未来

真新しい作業着姿のハリュウが、碧空の雲海にまぎれるプロセシアと「コア・パーツ」のことや、似たような意見だった解決方法、そう、バクチ的行為の話を終えたときだった。

またがるプロセシアの首元、そこから連なるレトロな機械っぽい偽装《ぎそう》をした生きた体が、ピクッと揺れた。ハリュウはそんなプロセシアの〝震《ふる》え〟を見逃さない。

「……この震えはおびえだね」

「ええ。コア・パーツが……アダムの手中に入ってる。もし破壊されたら、関連するすべての存在は……、停止するわ」

プロセシアはあいまいな表現を使ったけれど、当人も死に、アダムも死に、すべてのパートナーも死ぬということ。そして現状、パートナーへ依存し切った「人間型ウイルス」も生命活動を支えてくれる存在を失い、全員、死ぬ――。

「コア・パーツの所まで遠い?」

「……正確には、わからないの」

予想外の答えだった。いや、問いかけがナンセンスだったのかもしれない。人間に「心のある場所まで遠い?」と訊いたのと同じだろうから。ただプロセシアが、無策で飛び出したとも思えない。

当のプロセシアは首をめぐらせ、鼻先をこちらへ向けてくる。リンク装置のバイタル・データではなく直接、この顔をみて確かめたかったのだろう。

ハリュウは信頼の意味をこめ、笑顔を作ってみせた。このまま自分の「片思い」かどうか探ってみるか? いや、今はノロケてる場面ではないし……。ハリュウの想いを、プロセシアは懸念事項と取り違えたようだった。

「……大丈夫。わたしに気づかわなくていいわよ。場所の見当はつけてるから」

「気づかったのはプロセシアの方じゃない? ほら、そんな探るような表情うかべてさ」

「あのね、顔も体も金属製なのに表情を変えられるわけ、ないでしょう!」と、口を割ってがなるプロセシアはほんと、怒りんぼだ。怒ったり笑ったり、これが裏表のない態度ってやつなのかな? だとしたらプロセシアはこの身を……。

ハリュウがジッと勇ましいドラゴン形状の顔をみつめていると、プロセシアが前足をクルッとやって先に降参《こうさん》した。

「アダムはどうやら心のありかを見つけたの。だからわたし、アダムの居所《いどころ》を探ったんだけど……」

「だけど？」

そのときに位置をふくむ、こちらの情報や技術が伝わってしまった恐れがあるらしい。こう告げたプロセシアの顔つきは、ハリュウには険しい面持ちにしか見えない。心の状態を現すものは、表情だけじゃない。

「それなら場所はもう問題にならないよ。問題なのは時間だ」

「……時間、ね」

「ん、どうしたの？」

わずかに顔をうつ向けたプロセシアは、全力で飛んでもかなりの時間を使ってしまうと言い、またも体をピクッと震わせた。プロセシアたちの心が、鬼畜《きちく》なアダムにもてあそばれている――。くそったれ！

さらにこの世の悪は手をゆるめない。青空がまばゆい雲海《うんかい》へまぎれ、プロセシアの飛翔《ひしょう》で振り切ったと思っていた追手が、いよいよ距離を縮めてきたのだ。相手はやせた魔物のような姿の小型ガーゴイル・タイプ。

となりにはバトルになったら、よりキツイ大型タイプ、いいや、特殊用途のパートナーとされる超大型ヤマタノオロチ・タイプがやって来ている。プロセシアもわき目をやり、最初の相手として小型ガーゴイル・タイプを見定めたよう。

「僕たちの目的はバトルに勝つことじゃない。かかる時間を短くする方法を見つけることだよ」

「くどい！」と、荒っぽく吠えるプロセシアは、身を起こして臨戦態勢《りんせんたいせい》だ。だが、しっかり掴まるハリュウも、おそらくプロセシアも意表を突かれる。

ガッ、ガツン！

超大型ヤマタノオロチ・タイプがある首でガーゴイル・タイプの翼を壊し、別の首で周囲をみまわし、残りの首をこちらへ向けてきたからだ。ガーゴイル・タイプの翼を壊した首では、見た目と違う、おっとりとした調子の声で〝感情をあらわ〟にした。

「やりたくなかったけどぉ……君はこれでぇ、ついてこられなくなった。早く修理しないとぉ、ボクゥ、知らないよ」

「く、くくっ……。お前もパパに言いつけてやるからな！　こらしめてもらえ！」とは、まともに飛べなくなったガーゴイル・タイプ。幼い感じの会話が繰り広げられ、ハリュウはどちらも忌まわしい処置をされたタイプだと思った。

「パパって誰だい？」

確かにこう言い、複数の首をひねった超大型タイプの野性的な闘争本能《とうそうほんのう》なんて、考えるだけでゾッとする。おもむろにプロセシアがぎりぎりまで近づき、口を開いた。

「あんた、なんでついてきてるのよ！」

「あのぉ……、その、……盗み聞きしてぇ、ごめんなさい」

八つ以上はある、ドラゴン似の頭が一斉に下げられた。プロセシアは手早くこの「オロチ君」が電力供給のバッテリーだったこと、そしてより重要な「処置どころか、人工知能の更新」すら、数百年はされていない点を教えてくれた。

つまり、この「オロチ君」は人間とパートナーが、本当のパートナー関係であった時代の生きた化石だ。ハリュウは超大型タイプの相手を眺めまわし、自分たちが狙う解決方法の可能性を探ってみる。戦う意思表示は、まったく見られず、〝当時〟の復元に役立つかもしれない。


「キミは……どうしてついてきたのかな？」

「ハリュウさんとプロセシアさんのやり取りをぉ、ある首がみてぇ、その、思わず……。ふたりはお互いに殴り合える世界に、戻しに行くんでしょう？　ボクも以前のように、自然にお互い、殴り合える世界の方がいいなぁって。お手伝いできるかなぁってぇ」

超大型ヤマタノオロチ・タイプと殴り合いなんてしたら、この身はこっぱみじんどころじゃ済まない。この「オロチ君」のたとえはヘタクソすぎる。だけど、ぶきっちょながら、「お

かしい」ことに「おかしい」と気づける貴重な存在だ。

こんな「オロチ君」はやはり特殊タイプで、固定されたパートナーはいないという。いろいろな人間と、オロチ君いわく「仲良くやっていける」よう造られ、でも汎用性《はんようせい》が高いから誰とも深い関係にはなれず、気にもかけてもらえず、その結果、頭脳の更新作業もされなかった……。

「ボクのことはいいよぉ。でもいつか、ボクと本気でぇ殴り合いできるようになるって約束だよ」

「……ほ、本気で」とささやいたハリュウは背中を、プロセシアの尾でトントンされた。

プロセシアの金属の竜顔は絶対、ほほ笑みをうかべている。超大型タイプのオロチ君の「本気で」という言葉は「気がねせず」、「殴り合い」は「やり取り」を示した、間違いだと願おう。マゾにも限度というものがある。

「じゃあオロチ君。さっそくお願いできるかしら」とはプロセシアのひと言。ええ？　相手は遊び感覚でも、確実にボコボコにされる――。

「いつでもいいよぉ」

ぎょっとしたハリュウは冷や汗でいっぱいになったけれど、約束の実行ではなかった。

オロチ君は安全面での更新作業も受けておらず、超極音速で飛べるというのだ。複数首がさいわいして全方向をモニタできるから、超スピードを出しても安全だと、みなされたのかもしれない。

「ボク、がんばるよ。だけどね。超音速ってスゴイんだぁ。だから……」

「……そうよねぇ。えーぇ、わかったわぁ」

「プロセシア？　オロチ君の口調がうつってるぞ」と突っこむハリュウ。

ひととき、にらむよう間をあけたプロセシアだったが、さっそく超大型ヤマタノオロチ・タイプの太めの胴体へ、まさしく本能的に両手両足をまわし、おぶさる格好をとった。このわずかな間はきっと、心のありかを教えても大丈夫な相手かどうか、迷ったためだろう。

「物理的偏向《へんこう》シールド、発生させておくからね」とプロセシア。

「それ、風避けって意味？」

危険そうなコア・パーツ対策のためだ。ハリュウは、被ばくシールドも兼ねた作業着を病院施設で失敬し、まとった状態で、軽い表現を使ってみる。

生き物の温かさと、機械的な特徴を持つプロセシアは「虫除けにもなるけどね」と、軽口で応じてきた。複数首すべてをこちらへ向け、うらやましそうな雰囲気をただよわすオロチ君にも、確実にこんな素質はある。

「ボクゥ、ありったけがんばるよ。行き先はわかったぁ。首のひとつはふたりへ向けておくからぁ、問題が起きたら教えてね」

「わぁ……ハリュウ？　自分以上の力を味わえるなんて、わくわくしてくるわね」

「……僕はいつもプロセシアの動きに〝魅《み》せられて〟いるよ」

仮にコア・パーツの修正に成功し、パートナーたちがオロチ君のようになっても、そう、人間より人間っぽくなったとしても、お互いに殴り合う、違う、高め合う存在同士になればいい。文明の破壊なんて、させない！

やさしい心に優劣などないから、共存共栄は考え方次第で楽勝だろう。


突然、目の前の雲海が円を描くよう、散り散りに吹き飛んでいった。遅れて落雷《らくらい》そっくりな音が頭の奥底まで入りこんでくる。衝撃波と空気を切り裂く轟音《ごうおん》だ。プロセシアのシールドと重力コントロールのおかげで、生身の人間でも持ちこたえられている。

かなりの上空なので街並みは、またたくまに流れ去り、おだやかな洋上の景色へ切り変わったことくらいしか、わからない。陸地は地図どおりの輪郭をみせながら離れ、海はその青色がぐんぐん濃くなっていく。

わた雲は現れるのと同時に、後ろへ消え去っていき、分厚い雲へ突っこんでも、目の前がわずかに白くなるだけで、すぐさま、こんなにも美麗《びれい》でサファイアさながらの色合いだった、碧空《へきくう》の晴々とした景色が戻ってきた。

「積乱雲《せきらんうん》だぞ！」と指差して叫んでも、そのときはすでに暗い色の濃霧《のうむ》そっくりな雲へ、まっすぐ恐れることなく突入していた！

イナズマが花火のようにつづけざま、閃光《せんこう》の嵐を作り、大粒の水滴が命綱《いのちづな》たるシールドに当たると、四方八方に飛び散っていく。雷鳴《らいめい》は鳴り響くものの、余裕で音速突破しているらしく、サイレンなどでおなじみのドップラー効果（※）が強くかかりすぎ、奇妙にゆがんだものへと変質していた。

「着いたよぉ」

「そう、ここ。死火山が造った洋上の孤島よ。地形的にも安定した……」

顔をあげたプロセシアの説明だったが、おかしい。ハリュウはオロチ君が高度を下げていくなか、中央にそびえて不気味な噴火口跡をみせつけてくる山麓《さんろく》を、眺めていった。

確かに楕円形《だえんけい》の陸地には、深くて濃い森林地帯がはぐくまれている。噴火があれば溶岩流出で、ここまで深い森林はあっという間に呑まれてしまう。屋久島をほうふつとさせる樹齢《じゅれい》数千年は軽く超えていそうな、ゴツゴツした大木がこの孤島には多く生えていた。

しかし山に溶岩流の跡はないが、全体的にマグマとも何とも言いがたい、にぶい光を放っている。それは、死んでいるはずの噴火口も同じだった。マグマの赤というより、太陽の色に似ていた――。

「ふ、噴火しだしたよぉ。よ、よーし」

ちょっと弱腰な声を響かせた超大型ヤマタノオロチ・タイプはそのデカサと複数首をさっ

そく勇敢に活かした。散発的に飛んでくる噴石《ふんせき》（？）をとらえ、その複数首で器用に咥え投げ捨て、対応してくれている。だが噴煙《ふんえん》はいっさい見てとれない。

「こ、これぇ。とっても硬いの。ボクの口でもぉ。ただの岩なのかなぁ？」

「そうなのか？」

飛来物を複数首でキャッチして、投げ捨てるヤマタノオロチ・タイプの特殊金属製の口元が、キズつきゆがんでいく。あうんの呼吸で噴石（？）を調べていてくれたプロセシアはこちらへ振り向きざま、ありえない言葉を並べてうなった。

「成分の組成から、これは噴石じゃないわ。宇宙の隕石《いんせき》よ！　あの中でいったい何が……！」

「特攻だ！　行こう。ブレークポイントはもう過ぎたんだから」

そこに何があろうと待ちうけようと、アダムがいようと、自分たちは共通の目的を遂げにやってきた。目的を達成するための……覚悟も、お互いにできている。だったら支障は何もない。

「ほんと、硬いわ。でもまだまだね」

プロセシアもひとつ咥えた隕石を、強力な口とアゴで、あっさり砕いていた。おお、そのお口、怖い怖い……。

ともあれ、良き時代の気のいいオロチ君に、隕石の流れを断ち切って、突入ポイントを作ってもらった。間をおかず自力飛行を始めたプロセシアとともに、元、噴火口なのに中から、にぶい光をもらす目的地へ向け、黙々《もくもく》と前進をつづけていく。

「がんばってねぇぇ」と上の方から、なんともなオロチ君の声。

にぶい光の原因は、元、噴火口へ入った途端に見抜けた。何者かが、おそらくアダムが眠っていた地下深くの天然のウラン鉱床《こうしょう》（核燃料の原石）に「火をつけた、つまり天然の核反応を引き起こさせたのだ。

「中性子と放射線はぎりぎり、地下水脈が防いでる。それも時間の問題。すぐ臨界《りんかい》(※)に達して一帯は核爆発するわ。残りあと六分ていど。わたしのような無機物の生き物でも、……たぶん耐えられない！」

「くっ、プロセシアでも同じなのか？」

そう、爆発に耐えられないのは、プロセシアと同種族のアダムも同じはず。こんなトラップをかけておくとは、アダムはアダムなりの本懐《ほんかい》を遂《と》げて、ここに居ないのではないか？コア・パーツを修正する時間を奪う、防壁を仕掛けたのではないか？

にぶく光る「垂直な鍾乳洞《しょうにゅうどう》」ごとき場をどんどん下っていくと、謎めく輝きを放つ穴、ブラックホールと似たような、光を吸い取るような穴、無数の穴が岩の壁面《へきめん》にできていた。ここら辺の空間は正直、ボロボロに壊されている。

おそらくアダムがコア・パーツを乱暴にいじくって、空間がメチャクチャに変異したのだろう。そこに強電流と、この場の環境が加わり、俗に言う「謎だらけの仮説」と揶揄されるスカラー電磁波(※)が生まれたのかもしれない。

特殊条件下にある直行させたスカラー電磁場は、異端科学者ニコラ・テスラ(※)も体験したとされる、様々な不可思議現象を引き起こすらしい。それら現象がこの場で発起し「空間そのもの」に力が働いた。

そうして、耐え切れなくなった部分(空間)に、今の人類には制御不能なワームホールが開いている。

そのひとつは満天の星空を映す大穴で、そこから「隕石」が勢いよく飛び出してきている。

「こ、この穴は……、ま、まさか宇宙へつながってるのか!」

「そのとおりだ。お前は六分どころか、三〇秒も耐えられぬ」と、うねる轟音の声が地低部から急接近し、次の瞬間! プロセシアの中枢部ともいえるエネルギー変換炉あたりから、衝撃が走った。

プロセシアがうめき、弾きあげられてバランスも、力のコントロールも崩す。ハリュウを護っていたシールドは消された!

「ハ、ハリュウ!」

「わ、わわぁぁぁぁ! いきなりかよ!」

叫ぶハリュウも弾き飛ばされ、宇宙のどこかへつながる穴を通り抜けてしまった。作業着付属の持ち合わせ防護服だけで宇宙空間へ投げ出された！　沸点《ふってん》の関係があり、ハリュウの体がふくれて破裂《はれつ》するより前に、血液が熱く、そのとおり沸騰《ふっとう》へ向けて燃えあがりだす。

（熱い、体が熱くて針のめった刺しのように痛い。……死ぬ！）

悲鳴は音にならず、口を無様にパクパクさせるだけとなった。無重力空間なうえ、支えに使えるものは一切、ない。ハリュウは意識の覚せいだけに集中する。

（……片道のトンネルじゃなかったのは、さいわいだ。録画してきたせっかくの証拠を、つぶすことになるけれど――）

ハリュウは自動圧縮型のポケットから携帯情報端末を解凍《かいとう》して戻すと、ありったけのカンを働かせた。そのまま端末をオーバーロードさせ、自爆させた。

その爆発の推力《すいりょく》でハリュウの体は回転しながら、ふたたび元、噴火口へつながるトンネルへと飛ばされていく。

死に物狂いで働かせたカンは、的中した。元、噴火口につながるトンネルを逆走し、荒々しい崖へ、なんとかぶら下がる状態にまで復帰できたのだ。しかしそう離れていない、にぶい光の地底から、甲高い爆音が響いてくる。

「はぁっ、はぁっ、はぁ。な、なんてこった。ア、アダムは不必要だった本能の増強で、……イカレてやがる！」

「ゴガァァァァ！」

ゴツゴツした地底をより荒らしつつ、すでにプロセシアとアダムが頭部やエネルギー変換炉部分を狙い合う、格闘戦《かくとうせん》を始めているのだ。論理的な本能を得て、あらゆる「痛み」もわかるようになった相手だから、和解はむりでも妥協点を探る、まずは話し合いができる、こう思っていた自分の読みは、甘かった。

〈巨大爆発まで残り五分〉

息を乱す、ハリュウのリンク装置が死への表示を映しだした。こんなときでも、プロセシアはハリュウの耐久限界について、忘れていなかった。……僕はまだ、何もしていない。慎重に、でも大胆に岩肌のでこぼこに手足をかけ、はかない光を放つ地底へおりていく。プロセシアと記憶を一時共有したおかげで、コア・パーツのあつかい方が、おぼろげながら頭にうかんでいた。

「コア・パーツはあれよ」とプロセシアが声を荒げ、長い首をねじった。不気味な電子音をこだまさせたアダムは、前足でプロセシアの頭をつかむ。激しい駆動音が鳴り響き、アダムはその首をねじ切ろうとしている！

「ウウ、ウガァァ……ァァ」

「プロセシア！　ヤマタノオロチ・タイプを見習うんだ。人間と違うドラゴン・タイプとしての特徴を活かせ！」

これだけで、プロセシアには通じるはずだ。直後に、ガラあきだった第三の足、長くてしなる尾がアダムの後ろ足をすくい上げる。相手の巨体が半円を描き、宙を舞った。

人間を使って無機物の仲間たるパートナーを、生命体へ昇華《しょうか》させようとしたのだから、アダム自身も「人間臭さ」に取りこまれているはず。ドラゴン・タイプである自分自身をも、忘れ去ろうとしているのかもしれない。

「あ、ありがとね」

「いいって。じゃ、じゃあ修正作業に入るよ」

プロセシアが正直に言葉を伝えてきたから、逆にハリュウは照れくさく感じた。この頭は……、宇宙空間へ吹っ飛ばされたせいで、いまだぼーっとなるけれど、意識を失うほどじゃない。


ところが青白いような金属のような、未知なるコア・パーツを見つめていると、気合いと裏腹に頭はぼんやりしてきた。……コア・パーツは大型ながらコンパクトでいて、角ばった丸いボールそっくり……だ。これは……この世に、いいやこの宇宙のどこにも、存在したら、いけなくて……、すべて破たんさせ――。

「ハリュウ！　コア・パーツを正視しないで！　異次元の産物には普通の精神では耐えら

れない！」

「……異次元？」

プロセシアの声で、ふっと我に変えるハリュウ。コア・パーツは異次元の産物なのか……。どおりで狂気にみちた混乱状態におちいってしまったわけだ。

たぶんアダムは、そんな存在であっても壊してやろうと、岩壁に叩きつけていたんだと思う。結局、この世界、この三次元空間の方が耐えられず、ワームホールみたいな不自然な穴を作った。

（そのとおりだ）

（誰？）

まだまだ混乱おびただしい頭に、雄々《おお》しく滾《たぎ》ったアダムそっくりな声が広がった。驚いて辺りを見まわすと、確かにアダムはこちらを凝視していたが……気の迷いだろう。それよりプロセシアの次の言葉で、たまっていたフラストレーションが破裂した。

「もうコア・パーツをジッと見つめないでよ」

「目隠しして、どうやって操作するんだ！」

焦ってどなり返したものの、プロセシアも腹案をちゃんと隠し持っていた。それを耳にすると、ぜい弱で何もできない人間に嫌気がさし、悶々《もんもん》となっていた心も落ちついてくる。

ただ、こんな場面、こんな生きた原子炉の内に居るような状態にもかかわらず、まずプロセシアはいつもどおり「ハリュウはよーく記憶を保持できたわね」と皮肉ってきた。口調はそのままに、プロセシアはつづける。

「独り身じゃないって、何度言えば〝記憶〟してもらえるの？　わたしもあなたといっしょに〝操作〟に加わるのよ」

プロセシアが生き物でよかった。二倍の精神力があれば、単純に二倍の耐久度になるし、一＋一が二とされるのは、理論的な答えにすぎない。人間のアナログ的にタフな、本物の本能を発揮してやる。プロセシアの莫大《ばくだい》な体験をしてきた精神とともに――。

〈巨大爆発まで残り三分〉

リンク装置の表示が変わった。問題ない。力を合わせて一分で片づけてやる！　投影内容も関係なしに、ハリュウは深呼吸で息を整え、やって来るだろうプロセシアの精神受け入れ体勢をとった。じょじょに命の躍動《やくどう》が近づいてくる。

「わしがさせるわけ、なかろう！　グガァァァ！」

「グッ！」

金属の大口を割って右前足を振りあげたアダムが、岩盤を蹴って半ば棒立ちのプロセシアへ襲いかかった。プロセシアも手足を曲げて防戦に入ったが、精神を一体化させながら、物理戦への対応もこなさねばならず、圧倒的に不利だ。

案の定、受け身でいるハリュウの頭、心、どちらへも他者の意識が、その呼吸を感じるほどに近づいたかと思えば、急に引き戻され、飛沫《ひまつ》となって消えてしまう。この繰り返しだ。これではラチが明かない。

しかもプロセシアとアダムは同型……いいや、同じ種族ながら、世界大戦まで引き起こしたほどの人間の野蛮な本能まで加えた分、戦い慣れしている。プロセシアが手を抜いたり、同じ種だけに情けをかけているのではない。

禍々しいアダムの「殺意」は、プロセシアの「勝気」とは、比較にならないくらいに大きい。最悪なのはそんな殺意に対し、アダムは幼子のように考えもせず、ためらいなくソレを発揮してくること。

時間稼ぎでいい。早く手を打たないと、取り返しのつかない事態になってしまう！

「アダム！　お前は論理的に死にたいんだろう？」

「小僧。な、なんだと？」

これは半分ハッタリで、半分は推測だ。プロセシアから伝わってきた一部分しか知らないが、アダムはパートナーという無機質の仲間たちが「心の痛み」に関心を持つよう、世界を仕向けた。

アダムのパートナーだった元大統領が疾患《しっかん》で苦しい身を押し、強く生きている力の元を見誤り、人間には強さを与え、自らは力の源を身につけた。元大統領の力の源が、アダムが自然にみせていた「やさしさ」だと気づかずに……。

こんな暴走した計画は、人間の尊厳《そんげん》を狂わすことになり、アダム自身は本能や喜怒哀楽がより鋭利化された。今のアダムは責務《せきむ》と悔しさで、まさしく耐久限度を超えた心の痛みに、さいなまれている。どこかへ逃げ出したい――。アダムは自分自身をふくめ、すべての終焉《しゅうえん》を望んでいるのは、もはや明らかだ。

「僕が……アダム、お前を楽にしてやるよ」

「どうやって？ 道具も持たぬお前に、わしは殺せない」

「アダム、僕を丸呑みしろ。機械的に胃液か消火液はとめておけるだろう？ エネルギー変換炉についたら……、電力供給の配線を、切る！」

アダムはプロセシアと、がっぷり組み合ったまま動きをとめ、考えこむように瞳を点滅させた。プロセシアとまったく同じ、深い思考の目印だ。答えに迷っている。アダムの手を振りほどいたプロセシアは、まさしく度肝《どぎも》を抜かれた様相だ。

「ハリュウ、いけない！ アダムは絶対に消火液を出すに決まってるわ」

「おおっと」

強くささやきかけてきたプロセシアは、そんなことはさせないとばかり、ハリュウを高みにある手で、掴んでこようとする。ハリュウが身をひるがえしてかわし、あきらめないプロセシアがかぶりついて捕える格好をしたとき、アダムがたずねてきた。

「条件は何だ？　早く言え」

「コア・パーツを修正させること。それだけだ」

裏を返せば「死にたいなら、ひとりで死んでくれ」という本能のうちでも、最も冷血な部分があらわになった瞬間だ。どんな者であれ、死に追いやる大義名分なんてものはない。

だけど、あわよくばコア・パーツの修正を先にさせてくれたら、アダム自身も変わっていき、心の痛みを克服できるかもしれない。うなずくハリュウは、その可能性にかけたのだ。

こちらを見つめるプロセシアも何かを感じたのか、むりやりの引きとめはやめ、太く大きな指でこちらと手をつなぐにとどめている。

瞳の点滅をとめたアダムは、ひと呼吸おくと突然、猛烈《もうれつ》な咆哮《ほうこう》を元、噴火口内部へとどろかせた。自傷するほどに、角ばったこぶしを握り締めている。

「それは許さん！　イブ、お前とわしはもう、歴史線上から消えていく定めなのだ。負けはみとめる。だが人間どもへも機械どもへも勝ちはやらん！」

「なぜそこまでこの世界を憎むんだ！」

どなり返したハリュウだったが、アダムの視線はこちらがつないだ手と指に向けられていた。アダムは世界が憎いんじゃない。このシンプルな感情を追い求め、人工的に生みだそうともし、事実上失敗したこの時代が憎いんだろう。

もちろん「人間型ウイルス」にまで堕《お》ちた、こちらにも非はある。

「ほら、アダムも……。勝ち負けなんて関係なくそう」

〈巨大爆発まで残り二分〉

ハリュウは逆のあいている手を挑戦するよう、低くうなりつづけるアダムへ向けて差し出した。プロセシアが反対側の手を、驚いたふうにグイグイ引いてくるがハリュウは実に人間的に、こうしてみたい気持ちにかられる。

しかし不思議だ。どうしてこんな衝動が起きたのかは、まったくわからない。

「ふん。改良処置を受けずとも、やはりお前は〝人間型ウイルス〟だな」とアダムは電光石火！　体を寄せて腕を差し出し、……そのまま岩盤の地面へ向けて叩きおろした。

バキンとにぶい断裂音《だんれつおん》が響く。同時に、はめていた大切なリンク装置が外れて吹き飛び、地面へ激しく落ちた。急にハリュウは、目が覚めた気分になってわめく。

「あっあっ、それだけは待って！」

「お前には無用の長物だ。わしには災いのタネだ」

プロセシアの一部だと思っていたリンク装置を、アダムは容赦《ようしゃ》なく、にぎったこぶしで殴り、粉々に押しつぶした。ハリュウはここでようやく、不自然な角度に曲がった左手首から、骨折特有の電撃《でんげき》が駆けぬけるような、激痛を感じ始める。

「い、痛い！　くぅぅ……」

「わしに歯向かわなければ、痛みも病魔《びょうま》からも解放されていたものを、……な」

ささっとプロセシアがこちらを抱くように、巨体の陰《かげ》へ引きこんでくれたけれど、自分でも自身のやったことが信じられない。プロセシアも何も言わない。それに、プロセシアとの大切な接点まで奪い取られた。奪う……アダムはもしかして――。

「ふはは、はは。お前には最期の働きをしてもらわねば、ならん。わしの良きしもべと化して。お前は得意範ちゅうだったな、機械関係は。ん？」

「コ、コア・パーツ。あ、あれはただの機械、じゃ、ないぞ！　くっ、……アダム。お前は人間の、〝操作権限〟まで奪えるのか？　人間の心を乗っ取れるのか？」

「ふふ。イブの無警戒なハッキング行為に感謝だな。そこから学んだものは大きい」

学ぶだと？　こいつも学べるのか？　冷やかに告げるアダムには、真の心の痛みは感じることすら、できていないだろう。反対に、プロセシアは自らに非があるような、そぶりで黙りこくっていた。

（そんなこと、ないから）

心でささやいたものの、声は出せなかった。結局、この身は足手まといになっているだけだ。片手が使えなくなったうえ、残り時間は少ないし、コア・パーツは正視できない代物だった。アダムはスキのない体勢のまま、うなる。

「コア・パーツの存在こそが、我々すべてを束縛《そくばく》するサタンだったのだ」

またもアダムは、コア・パーツを足蹴にするが、〝角のある球体〟の破壊音は聞こえてこない。

コア・パーツをアダムの思いどおりにさせてはいけない！

「くそっ。まだキズがつくくらいか。こんなモノはいっそ――」

もはやアダムも焦りと悲しみ、重責で心を見失い、本物のドラゴン、そう、野獣と化している。

そもそも善であれ悪であれ「心」なんて、カタチとして目で見るモノではない。いじくるものでもない。ここで何を思ったか、プロセシアがいつも大きな腕に、はめていてくれた金のブレスレットを外してしまう。

「……わたしがとめる！」と、プロセシア。

「そ、そんなことしたら――」

プロセシアはコア・パーツとともに、アダムをもここへ封じこめるつもりなのだろう。完全な機械やロボットならまだしも、プロセシアも生命体なのだから、核反応が進むここへとどまる、その意味は承知しているはずだ。いくどかプロセシアの瞳が点滅《てんめつ》した。

「ハリュウ、楽しかったわ。機械のふりをしていたときも、生命体だってカミングアウトしたときも、態度を変えなかった〝ひと〟は、ハリュウが初めて」

「僕は……えっと、鈍感だからね」

折れたハリュウの手首に、プロセシアがどこかのパーツを使って添え木代わりにしてくれる。そんななか、ハリュウは確かにプロセシアのメロディーのような電子音、笑い声を耳にした。

「あらら、また泣いちゃったの？」

「折られた手首が痛むんだ！」

大ウソをついたけれど、確かな心を持つプロセシアには全部、お見通しだった。プロセシアはあんなに「敏感《びんかん》だ」と告げていたマズルを惜しむことなく、ハリュウの胸元へぎゅうぎゅう押し当ててくる。長かった旅の終わりは近い……。

「わたしも泣きたい。けどごめんね。わたしの体には涙腺《るいせん》がないから、泣けないの」

「ね、やっぱり僕は鈍感《どんかん》だろう？　そんなこと、考えてもいなかった。だけどいいんだよ。欠点や弱点は恥じるモノじゃないから」


ここまで伝えたところ、またしても不自然な衝動が、勝手に頭でわく。アダムがジッとこちらを凝視し、ハリュウは体の自由がきかなくなった。せっかくのプロセシアのマズルを突き放ち、不愉快なアダムの声を聞かされながら、コア・パーツへ向けて走らされる。

「お前は剛腕《ごうわん》なピッチャーだったそうだな。コア・パーツの初期化ができぬのなら、最期の仕事だ」

「アダム、あなたまた、わたしの頭を覗《のぞ》き見て！ わたしがあなたの野望に加わるとでも？ じゃ結論よ。わたしの心はハリュウのことで頭がいっぱい」と言葉半ばで、プロセシアがありえないレベルの雄たけびをあげ、身構えるアダムへパワー全開のごとき牙をむいた。

「ならばもう、この世界に未練など何もない！」と、がなるアダム。

当のハリュウは息を吐いた。よかった、自分だけの片思いじゃなかった……プロセシアもこの身のことを――。微笑むハリュウだったが頭はぼんやりとし、コア・パーツの下へ小走りさせられたまま。正視《せいし》をつづければ発狂する事実は、まったく考慮されていない。

（3）世界を静止させた変化球！

爆発まで間もない荒くれた地底のプロセシアは駆動部が限界に達して、ぎしぎし悲鳴をあげてもかまわず、冷血漢のアダムへの特攻をやめない。突き飛ばし、よろけたところを加減なしのパンチをくり出す。ドドドドンと野蛮《やばん》な音が元、噴火口内にこだました。狙う部位はただひとつ――。

「ぐぬう！ イブめ。わしのエネルギー変換炉を……。むだだ。むだむだ！」

「グガァァァァ！」

プロセシアの野生の本能は、とどまることを知らない。しかし機械としてふるまってきた経験が活かされる。頭で「同時処理」をこなし、アダムへ逆ハッキングをかましてもいたのだ。アダムの考え、悪あがきの正体が少しずつ氷解していく。

（コア・パーツは初期化も破壊もできないと、アダムはふんだ。これ以上、正視して発狂することも、恐れている。だから……！）

アダムのやり口に、プロセシアはますますの怒りを覚えた。自身が食らうダメージは度外視して、エネルギー変換炉を壊すべく、一点集中攻撃を連発する。金属のこぶしによるパンチ、隕石を超えた破滅的な噛みつき、しなれる尾を使った叩きつけ。

「ウグァァァァ！」とアダムは、きっとニセモノに違いない悲鳴をあげた。吹き飛んだ相手の巨体は、そそり立った岩壁に激突する。破片を散らし、岩壁を派手にえぐったアダムの体は、ふたたびよろけて崩れ落ちた。岩盤が地震さながらに揺れる。

（ハリュウはアダムの身代わりとして、発狂させない！）

（ふふふ、イブよ。善戦したが、間にあわなかったな）

（な、何て――！）

角ばった肩越しに頭をめぐらすと、異次元の産物、コア・パーツを抱えあげたうえ、ジッとみつめるハリュウの姿があった。いつも輝いて好奇心のかたまりだったハリュウが……、わたしのパートナーが虚《うつ》ろな目つきで立ちつくし、うすら笑いまでうかべている！

「よ、よくもよくも！　わたしの彼を捨て駒《ごま》にしたわね」

「う……、うぐぁぁぁ！」

馬乗りになったプロセシアは情けも慈悲もなく、アダムの心へ鋭く斬りこんでいった。アダム苦悶《くもん》の声には、気づいていない。

「ち、違う。わしは大役を与えただけだ！　どのみちこの世界は終わるのだ」

「大役ですって？」

首を曲げ反論してくるアダムは、コア・パーツが岸壁へ無数に作った穴。そのなかでも、隕石が飛びこんできていた、見知らぬ宇宙空間へつながる穴へ、コア・パーツを捨ててしまおうとしていた。

どこぞの宇宙へまでコア・パーツが行ってしまったら、文字どおり「初期化」するのと同じく、無機物の心へなんの影響も与えられなくなるだろう。電波が届かなくなるようなもの。コア・パーツは宇宙を超えてまで、影響も力も発揮できない。

未だに人間は月面開発をパートナーと「協力し合って」できていない。その謎が解けた。宇宙だとコア・パーツの影響範囲外となり、パートナーたちの自我が消え去ってしまうからだ。

「外道なアダム！　この意気地なし！　コア・パーツを初期化するのも、宇宙へ捨ててしまうのも、同じことなのよ！」

「いいや、イブ。間違っている。コア・パーツはこの大宇宙へ返すだけだ。わしらが目覚めたように、いずれどこか、他の惑星へ漂着《ひょうちゃく》し、新しい文明を目覚めさせるタネとなる」

「もっともらしく聞こえる、ヘリクツね、そんなの」

プロセシアは大口を振るって断固、認めなかったが、アダムは自分の考えに陶酔《とうすい》しているようで、いよいよハリュウに狙いを定めさせた。宇宙へつながる穴へ、ストライク投球させるべく……！

「この方が、ウイルス状態にまで堕落《だらく》した人間のためになる。それともイブ、お前、死ぬのが怖いのか？」

「ええ、怖いわ。またしても……、またしても、きずなを結んだ……敬愛するパートナーとお別れするなんて——」

これがプロセシアの正直なところだった。アダムを封じるため、この場へ居残る意味は、理解して納得したはずだった。けれどいざ、そのときがやってくると、心の情動はどうあっても理解なんてできるものではなく、逆に理解して論理的に生まれてくるものでも、なかった。

「ふん。敬愛、か……」とぽつり、アダムが口にしてきた。だが、すぐさま気を取り直したように狂える大声を散らし、この身を太くたくましい後ろ足のヒザ蹴りで、突き放った。ハリュウを助けたい！　だけどどうしたら助けられるか、わからない！

（アダムのエネルギー供給をとめてやればいいのよ）

プロセシアの裏の顔、心が小悪魔のささやき声を広めてきた。ハリュウに気を向けているアダムは今、スキだらけだ。なんのために長くて強く、細やかに動かせる手があるの？　だらしなく半開きになったアダムの口へ手をねじこみ、臓物《ぞうもつ》たるエネルギー変換炉への配線を、にぎりつぶすためにあるのでしょう？

（あぁ、やめて、やめて！　殺戮兵器《さつりくへいき》だった頃のわたしは、もう居《い》なくなったの！）

こんな小悪魔のささやきは、なんだかコア・パーツの方から届けられている気配がした。しかも問いかけをつづけ、プロセシアの答えを待っているような感じも受けとれた。おそらくこの問いに「正解」は存在しないが、自分なりの答えはいつだって、たずさえている。

「この手はもう一度、ハリュウへ手料理をひろうするためにあるの！」

恥も外聞《がいぶん》もなく、プロセシアはまっすぐな声で答えた。これが本音だ。リンク装置は壊され、プレゼントされたブレスレットは外し、お互いに死への意思表示はしている。ちっぽけな夢だったけど、決して叶わぬ、まほろばな夢。

想いの旨《むね》を叫んだプロセシアは、ふと離れたハリュウをみつめた。ハリュウも見つめ返してくる。その瞳は……よどんでおらず、いつもの輝きを取り戻していた。もしかしてハリュウは——。

天然の、にぶい光のなかハリュウは高らかなプロセシアのまっすぐな声で、アダムの呪縛から逃れていた。心からのすてきな声、そしてプロセシアの真心に……感謝だ。

抱えこんでしまったコア・パーツは腕に、そう、たとえるなら蜃気楼《しんきろう》を持つみたいな不可思議な錯覚《さっかく》を与えてくる。なるべく正視しないようにしながら、アダムにもバレないふるまいをした。

「人間型ウイルス。なぜゆえ……お前はコア・パーツを投げぬ？」

「……」

アダムのうなり声が響いた。見抜かれるのは時間の問題だ。そのうえ、体全体は鉛の背負うかのごとく、急激にだるくなってきている。まもなく人間の放射線下《ほうしゃせんか》、耐久限界時間に達するんだろう。急性被ばくだ。プロセシアは顔を上向けたり、戻したりしてサインをだしてきた。

ちらりと上へ目をやると、ぎりぎりのところまで超大型ヤマタノオロチ・タイプがドラゴン似の尾をロープさながら、垂らしてきている。ハリュウが脱出路を見たと、察したらしいプロセシアはアダムをガバッと、はがいじめにした。

「イ、イブ！　くっ、なにを？　離せ！」

「アダムはもう動けないわ」

凶暴なひじ打ちを食らっても、安定翼や尾で激しく小突《こづ》かれようとも、プロセシアは耐え、アダムの身動きを完ぺきに押さえこんでいる。プロセシアも精神的に、もはや限界に近いだろう。それでも脱出の時間を作ってくれている。

なんとかしたい。しかしコア・パーツの原理原則さえ、わかっていないのだから、修正作業なんて不可能だ。ましてやコア・パーツが「心相当品なら、人為的《じんいてき》にどうこうするべきじゃないと思う。


「さぁハリュウ。に、逃げなさーい！」

じれてあせった感じのプロセシアが声をとどろかせてくる。防御《ぼうぎょ》をかなぐり捨てたプロセシアは、まだアダムを封じているものの、懸命《けんめい》な呼びかけ声でこの身の状態は奴に気づかれただろう。

……僕はこのまま何もしないと死ぬ。脱出すればプロセシアを見殺しにし、アダムも助けられない。呑まされていた指示どおり、コア・パーツを宇宙への穴へ投げこめば、プロセシアをふくむパートナーたちすべてが死ぬ。

「ぼ、僕は……」

「お願いハリュウ。わたしが託したバトンを、むだにしないで！」

「う、う……」

ハリュウは言葉につまり、考えが錯綜して、まったくまとまらない。死ぬ、殺す、死ぬ、それ以外の手は本当にないものか？　左手首骨折の痛みも増してくる。

これは半分、アダムに洗脳され手を差し出した結果なのだが、至近距離に無防備状態で入ったのだ。惨殺《ざんさつ》されていても不思議はない。

どちらかと言えばアダムは、プロセシアとの仲を引き裂くため、リンク装置を壊すのが目的だったのかもしれない。この身がアダムとのリンク装置をはめていたら、事態はかなり変わってきたと思う。友情、愛情、そんな心の裏面が嫉妬《しっと》やねたみに当たるから。

「おのれ、お前、ハッキングされず目覚めていたか。ふたたびわしの、よき従者となって――」

と、こちらへ向け、アダムが瞳をシグナルのように点滅させる。しばしその点滅信号で頭がぼーっとなったが、快活な声を荒げたプロセシアにしっかり護られた。ある意味、二重に護られた。

「アダム、自分のことはいいのかしら？　うふふ、体の複雑なパーツ同士、配管同士を絡めたわよ。この体の〝知恵の輪〟を外せるかしらね？」

「知恵の輪だと？　おのれ、わしの体をよくも、がんじがらめに！　グガァァァァァ！」

アダムは暴れようとも手足も尾も、体もプロセシアにロックされたような状態だ。身を立てたプロセシアという十字架に、はりつけられている。

「ハリュウ、ね。お願いよ!」

プロセシアから、まさしく心からの叫びを受け、ハリュウは「やり直し」の腹をくくった。地面の岩盤《がんばん》を蹴り、足場をならして整え、コア・パーツの投球準備に入った。失敗したのだから、やり直す……単純な思いを心でいっぱいに滾らせていく。

やり直しには、どれ程の時間がかかるのだろう? 次に栄える種はどんな姿になるのだろう?

深いきずなが作る以心伝心《いしんでんしん》という、テレパシーのごとき話は正しかった。大きさのわりに、あまり重さを感じないコア・パーツを掴み、宇宙へつながる穴を狙って右腕を曲げだしたとき……。やわらかいプロセシアの声が脳裏に広がってきたから。

(ねぇ、生まれ変わりって、信じてる?)

さいわいなことに、脳裏の声は震えてもおびえてもおらず、いつものプロセシアが世間話を振ってくる雰囲気そのものだった。精神を集中させているハリュウには、その声すらスローモーションのように引き伸ばされて感じとれる。気分はいたって爽快だ。

(信じてるよ。失敗したってやり直せばいい。キッカケさえあれば、生まれ変わりだって

簡単なんだ）

（……そう。ハリュウの決心ね。答えね。わたしたち、ユートピアで会いましょう）

（ユートピアはしょせん夢物語。でもこれからはもう、有機物だとか無機物だとか、機械だとか生き物だとか、一切、しがらみのない世界になるんだよ）

ハリュウは岩盤をガッと踏みしめ、腕を振りかざし、投球モーションをとる。

いらないと思う体験や経験も、こんなふうに意外なところで役立つことがあるらしい。プロセシアは「開眼《かいがん》」しているけれど、がんじがらめのアダムは実体験だけの、表面的な学び方だったようで混乱し切っている。

「ふはは。ふは。お前もわしと同じ論理的帰結にいたったか」

「……無機物の頭脳であっても、アダムは生き物だ。生き物は論理だけでは生きていけない！」と軸足へ体重をかけた。コア・パーツを掴《つか》んだハリュウは、弓なりに曲げた腕から肩へと、このうえないほど自然体で力の移動ができる。妙なりきみや、体のバランスが崩れることもない。

そのまま、あふれる願いをこめ……、逆にプロセシアからくる、あふれんばかりの情愛の支えを〝動力源〟にし、渾身《こんしん》の一球を投じた。指のかかり具合は調整して——。

「やぁぁぁぁ！　これが僕の答えだ！　ほら、受けてみろ！」

投じられたコア・パーツはアダムの希望どおり、宇宙空間へつながる穴へ向けて突き進んでいった。こんなコア・パーツなんてものは、本当の未踏《みとう》なる地に住まう神の忘れ物だ。忘れ物は、しかるべき場所へ持ちこむのが常識だ。

「よろしい。たいへんよろしい」

半ば、はりつけ状態にされているアダムは、大口を開けて電子音も出しつづける。コア・パーツはどんどん、岸壁《がんぺき》の高みにある宇宙空間への穴へ向かっていた。さぁ、どんなに時間がかかっても、どれほど険しい道であっても、誇りと真心を目印に、やり直していこう！

「ハリュウ？　あなた……、まさか。コア・パーツにはスピンがかかっていて」

「まさしく。僕は……、僕は……た、戦いに勝つ！　アダム、実はそれが望みなんだろう？」

プロセシアはコア・パーツの状態を分析していたらしく、うわごとさながらに、つぶやいた。そのとおり、ハリュウは穴へ向けて直球、ストレートを投げこんだのではない。これは、アダムをもふくむ想いと、ハリュウの威信《いしん》をこめた究極の投球だ。

「う、うまく……い、いったか？」

投じられたコア・パーツはものすごい落差と急カーブを描く。かつてベースボールで、ハリュウの魔球と恐れられたブーメランのごとき軌道《きどう》をとった。とどまることを知らないコア・パーツは、穴からそれて開かれた金属の口へ、そう、アダムの口内へ投げこまれ、その奥へと消えていった。

その瞬間にこの空間は、……いいや、この世界すべてが静止したように感じた。ハリュウは、ガクリと片ひざをつく。

すると辺りから一切の音がなくなり、ただただ一面が光でいっぱいの白昼夢《はくちゅうむ》さながらの光景に切り変わった。

時間でさえ、途切れ途切れに感じ、また、光景がスローモーションになったり逆転したりしている。これが死ぬ前というやつなのか？

走馬燈《そうまとう》そっくりに思い出や出来事、そう、楽しかったこと嫌だったこと、勘にたよったことと悩みぬいたことが、他人の五感で知覚しているかのごとく頭に浮かび、目には幻のシーンが映る。

しかしハリュウの気持ちは心地いい。

そのうちハリュウの頭には、別の場所にいるはずの他者の意識や光景が、どっと流れこんできた。これはサカヤさんと周囲の人々のものだろうか？

人間は機械に「人間型ウイルス」とまで蔑まれても「機械の相棒《あいぼう》」に従い、依存しきっている。そんなハリュウの頭に、サヤカさんと相棒ファラデーの機械と人間、つまり無機物と有機物が強制的に融合しかけている奇妙で、危険な雰囲気の感覚が襲ってきた。

ハリュウの見聞きした存在が、次々と頭を乗っ取っていく。気のいいオロチくんや、現在では行方すら不明な女神様とその文明、やがて怪しいディーラーの男の厳つい顔へシーンが変わった。そこで目があって手を掴んできた……プロセシア！

ハリュウがプロセシアの心に触れ、この自分をいつも見つめるプロセシアの気持ちと対峙したとき、ふたたびハリュウの目に涙がわき上がり、零《こぼ》れ落ちた。

プロセシアの太古からの記憶と深い内容は人知を超えているけれど、プロセシア自身が市場で見つけられ、どういう思いでハリュウへ声をかけたのか、そのときにはわかっていなかった、本当の意味がここで解けたからだ。

切実なプロセシアは長い期間、焦りながらも孤独に耐えてきた。

たとえ人間が堕落し切っても、まだ気骨あふれる最後の希望があるのではないかと信じ、アダムとの行動を迷い、人間と共に生きつづけたいと思っていた無機物生命体プロセシアの生への執着や心に宿していた希望が、他者を突き放すようにも見える「ツンデレ気質」の態度の裏にひそんでいたと、ハリュウは知った。

プロセシアのたどった遥《はる》かな旅路と、ちっぽけなこの自分について、プロセシアが初めて受け入れてくれることで、ハリュウも逆に、他者への純粋な愛おしさと真の孤独を悟った。

もしや、こんな状態の世界は、ひとつの自意識でできた空間越しにつながっていて、自我を持つ者すべてに自分のセンスが拡散する法則があるのではないか？

それは一見、他者の意識との共生感覚、簡単に言えば未だ「融合」「依存」している世界ともとれる。でも実はそうではない。

それぞれの個体にはやはり、独立し自立心を必要とする「意識を区切る世界の輪郭」が求められている。

それはハリュウの頭にカベのように現れ、やさしい光を放った。

古くから見聞きされる双頭の蛇さながら「ふたつの顔」という側面を持つ世界こそが重要であり、その究極の意識のきずなが、文明の基盤となるのではないだろうか。

ところが、世界の行く末の鍵となる「コア・パーツ」を飲みこませたアダムの意識は一切、頭のどこにも感じられなかった。あぁ、アダム、なぜだ！

ハリュウが不可思議な「世界」を感じていた時間はおそらく一瞬だったろう。熱気と荒くれた地底が、激しい音と振動をともない、すぐさま彼の意識内に戻ってきた。

ハリュウはさっきまで死闘を演じていたアダムに対し、自然と言葉があふれ出てくる。

「……どうか、恥じらわず、とまどわず涙を流せる生き物へなりますように！」

大笑いしても、嘆《なげ》き悲しんでも、涙は出てくる。ごく自然に、心がカタチとなったものだから。そんな涙を流せるようになれればいい――。

まだアダムが生きていれば、ただの物欲ではなく愛ある「嫉妬心《しっとしん》」も、きっと知るだろう。感付いてはいたけれど、本来は〝つがい〟として、この世界に送り出されたというプロセシアことイブが、アダムへ気を向けるときが来るかもしれない。

やがてハリュウは、気力が燃え尽き、意識を失っていった……。

エピローグ

今日もあのときのように、抜けるような晴天だ。街なかも静かで落ち着いている。お祭り騒ぎなんてものは、すぐに過ぎ去るもの。ハリュウは、あのオロチ君が土木建築にも通じていたので、壊されたうえ燃やされた一軒家の再建を頼んでいた。費用はオロチ君が処理していた隕石を売りはらって、ねん出できた。実に心強く頼もしい超大型ヤマタノオロチ・タイプだ。……性格以外は。

もちろん冤罪《えんざい》の晴れたこの身は、プロセシアといっしょ居られ、そして〝彼女〟たっての希望どおり、大型ドラゴン・タイプの身でも「手料理」をふるまえる巨大キッチンも作られている。

「く、くく……。ここ、蛇口《じゃぐち》がデカすぎるぞ！　僕も手伝いたいのにな」

「まぁドラゴンの手に合うサイズだからね。今晩もわたし、がんばるから。いつか小さい方を使って、いっしょにお料理しましょ」

しかるべき時期が来るまで、プロセシアが無機物の祖《そ》、つまり生命体だとはオープンにはしない。ただプロセシアを「彼女」と呼ぶことは増え、お互いに尊ぶ愛を意識することも多くなった。

生物同士なのだから、本当の愛を交わすことも不可能ではない——。

玄関先では、まるで時間が逆転したかのように、何事もなくサヤカさんがおとずれてきていた。

「あたし、もう先、行って待ってるよ。ねぇファラデー乗せて？」

となりにサヤカさんのパートナー、中型ユニコーン・タイプのファラデーがいる光景は変わらない。しかしサヤカさんの頼みを先読みしたらしいファラデーは、白い馬面を横に振る。

「いいえ、サヤカさん。運動は健康のためになるんですよ。ダメです」と、接する態度は一変していた。

「そ、そっか。そうね。じゃあハリュウくん、またあとで」

「うん、あとで」と生返事をするハリュウ。

ファラデーは、サヤカさんのことをパートナーとして気づかいながらも、従者そっくりに盲目的に動くことはなくなった。サヤカさん当人も、まるで赤ん坊だったあの頃みたいに、完ぺきな依存状態からは脱却《だっきゃく》しつつある。

この分なら、未知数だけど新しい文明の開化どころか、元、噴火口内で夢見た共存共栄《きょうぞんきょうえい》のブレイクスルーは案外、近いかもしれない。金属細胞の退化をとめるクスリも開発されたのだから。けれどもう同じあやまちは犯さない。

ところが予告なく中型オオカミ・タイプのパートナー兼護衛を連れたブルーが基調のポリス部隊が、ハリュウとプロセシアの一軒家前へやってくる。もはやクーデターの一件は落ちついたはずなのに、どうして。まさかキメラがやった爆発事故騒ぎの責任を……？

「いいえ、そうではありません。これを渡してほしいと、我々は厳命《げんめい》を受けました」と、中型オオカミ・タイプの一頭が前に出てきた。

「厳命……」

かけがえのない「彼女」も金属の鼻先を伸ばしてきたので、ハリュウはふたりでいっしょに見てみることにした。

「こ、これは……、僕らの新しいリンク装置じゃないですか！」

仰天したハリュウはプロセシアの竜顔と、顔同士を突き合わせた。大型な彼女の見立てによれば、妙な仕掛けのたぐいはまったくないという。

「いったい、誰がこれを？」

「はい。アダム大統領の命です」と、中型オオカミ・タイプが人間のポリス部隊のマネをし、前足を曲げ、敬礼してきた。

あのアダムは生きていた？

ならばこれは、お詫《わ》びの印なのだろうか。

今後、アダムがどう世界の舵取《かじと》りをするのか。今後、アダムがどう世界の舵取りをするのか。この身はアダムに、いく度も殺されかけたが、そこは今しばらくグッと飲みこみ、アダムは本当の愛を持ちえたのか、存分に観察してやろうじゃないか。

ただ、アダムが大統領の座を継いだままということは、まだ「機械と人間を融合させる」野望が消えてないのかもしれない。天使は悪魔の役を演じられても、真の悪魔は天使の心を持てないから。

しかも、あのコア・パーツを、文字通り飲み込んでも生きているアダムは、身も心も、さらには感情も能力も「強化」されたことだけは間違いない。あの時、世界とシンクロしたハリュウだったが、アダムの意識だけはどこにも感じられなかったことを思い出す。

だけど、今はアダムが変わったはずだと信じてみたい。シンクロしたこの世界の「みんな」を信じてみたい。

信じれば、世界はリセットどころか、これまでになかった第二の天地開闢《てんちかいびゃく》をも、なし遂げるかもしれない！

そんな「修正された世界」が始まる前に、もっともっと大切なことがひとつ……。

「プロセシア？　できてるかな？」

「ええ、とびっきりの朝食、サンドウィッチがあるわよぉ」

ほほ笑むように応じてきた相思相愛のプロセシア……彼女は、大型タイプ用の、やわらかな色合いのエプロンをゆっくり外していく。しなやかに動く大きな手と体で、甲斐がいしく〝僕〟の世話を焼いてくれる。

「もうっ。また、あーん、なの？　デレデレさん」

そのしぐさはレトロな大型ドラゴン・タイプの姿であろうとも、艶《なま》めかしく思えてしまうほど。時代はもう、ここまで「修正」と変化をスタートさせているのだ――。

〈了〉

用語解説

バイオ・コンピュータ
本書では、人工的に作った臓器が動作して作業をするコンピュータのことを示す。とくに作業や処理をこなす「脳細胞」は人間の脳以上に数が使われている。生きたコンピュータといえるだろう。

ワイバーン・タイプ
ロボット機能と乗り物、個人秘書がまじった大型・中型・小型タイプの「パートナー」が普及した世界での、一モデル。様々な姿をし、その姿によって〇〇タイプと呼ばれている。

有機化学コンピュータ
バイオ・コンピュータと似ている点が多い。化学物質の化学反応を使って様々な処理を行うコンピュータ。

AI法
世界中に自我を持つ（？）ロボットが誕生したため、「人間」を絶対に傷つけないように制定された法律。適応範囲が「人間」とされていたことで、惨劇を招く。

重力通信
本書では、重力波の理論を発展させた通信手段として活用されている。設定によっては地球を貫いて、その先の相手とも通信可能であり、有効範囲は広い。

液体チッソ
調冷却されたチッソ（窒素）の液体。化学物質のなかには冷却もしくは加熱されると「液化」するものがあり、チッソの場合、液体の温度は1気圧の下で-196度Cにもなる。

ガーゴイル
ヨーロッパ各地の聖堂には石像がある。見た目は悪魔や魔物のような形相だが、身分の高い者がガーゴイルをシンボルとして使うこともあった。

光学迷彩
光の屈折する仕組みを使い、もしくは背景の模様を服や物に映すことで、あたかも「透明」になったかのように錯覚させる迷彩（服）。光ファイバー等技術を駆使し実用化段階に入ったと言われている

＊（光子の補足）
目の網膜（神経）が光子を受け取り、「目で見る」という行為ができている。その根源となる波動性（波形の特徴）と粒子性（粒子の特徴）を持つ不思議な存在。

無機物と有機物
一般に、分子構造が単純なものを無機物、人間や動植物のような分子同士が複雑に入り組んだ存在を有機物と呼んでいる。

霊界通信機を本気になって研究した科学者
エジソンが晩年に「試作」していたというウワサがある。

車イスに座った過去の科学者
ブラックホールの蒸発や宇宙の誕生など、多くの仮説を語るホーキング博士。神の存在については否定したとのウワサが流れ、現在もその真偽と真意は公にされていない。

記憶のフェールセーフ（安全対策）機構
様々な装置・システムにおいて、（本書の場合、記憶自体）障害が起きた場合、絶対に安全側になる仕組み。記憶のフェールセーフは造語だが、部外者に盗み見されない仕組みと思われる。

金属量子セル
本書の造語である。金属とセル（細胞）という矛盾する物に対し、さらに量子力学の不確定性をも含んだ物体といっていい。「脳細胞」代わりとして使えば、記憶できる「容量」について特筆すべき点がでてくる。

量子の不確定性理論
分子などの位置（場所）を観察しようとすると、光子が当たり、その動き方が乱され、逆に動き方を乱さないようにすると、今度は「光子を使えないため」観察できないという定理。ハイゼンブルグの定義とも呼ばれる。

量子コンピュータ
現在のコンピュータは0と1の「ビット」で情報をあつかうが、量子コンピュータは超ミクロな素粒子レベルの世界における「状態の重ね合わせ」、つまり0か1か、もっと違うかという「キュービット」と呼ぶ、ふるまいを、うまいテクニックで活かし情報としてあつかう。

無機物を起源とする生命体
一般常識では「ロボット」は生命体ではないため、もし無機物の生命体が発見されれば、地球史を書き換える大事件となるだろう。

心の痛み
喜怒哀楽でたとえられる感情面の動きで、悲哀やネガティブな気持ちなど。痛みはときとして「トラウマ」という治癒しにくい心のケガとなることもある。

ティラノサウルスとステゴサウルス
大型肉食恐竜と、大型草食恐竜の代表格。

量子のもつれ
古典確率の分野では説明不能な相関や、それらに関係する現象をまとめて、こう呼び、まだ未解明な部分も多い。ただ、理解して応用すれば量子テレポーテーション技術が確立すると言われている。量子コンピュータでも、もちろん利用する現象。

神はサイコロを振らない
アインシュタインが確率的な側面を持つ「量子力学」に対し、確率で物事が決まるものかと皮肉って口にした言葉。

移送ゲート
本書の造語。ある地点と別の地点をつなぐ

「ワームホール」とも呼べそうな、この世界をねじまげ、ありえないほどの近道を可能にするゲートのこと。

病原菌のウイルス

インフルエンザ・ウイルス、ノロ・ウイルスなど多数存在するが、ウイルスは何者か（宿主）に寄生しなければ活動できず、「生き物」としての行為は自らできない存在。

ハイブリッド生命体

極端に言えば、犬と猫という種のカベを超えて合成され、一個体として「造られた」生命体。

ワームホール

異なる時空間（世界・場所）をつなぐという正体不明なトンネル。回転するブラックホールは中央部にはチクワ状のトンネルが作られ、それがワームホールであるとも言われている。

有機金属細胞

本書の造語。有機物と金属の両方の良いところを得ようとし、むりやり生み出されたが驚愕すべき欠点を持っていた。

メタンハイドレート

よく「燃える氷」とたとえられる現存する物質。実際、氷状なのに火をつけると燃えるため、石油や石炭に代わる新しいエネルギー源になれるかどうか、現在調査が進んでいる。

ミトコンドリア
丸いカプセルのような形で、ほとんどすべての生物の細胞内に広く含まれている。ミトコンドリアは独自の遺伝子を持ち、さらに細胞が活動するためのエネルギー生産工場と化している。

痛点
神経のなかでも、とくに「痛みを感じとる場所。

ウソをつくのがウソ
典型的な「パラドックス」の一種で、一見すると間違っていそうだが、実は正しい説、もしくは、一見すると正しく見えるものの正しいとは認められない説を示す。

iPS細胞
皮膚等にある体細胞という部分に、少し手を加えて培養すると、様々な臓器の細胞になる力と、ほぼ無限に増殖する力をもつ多能性幹細胞のこと。これの英語の頭文字がiPSで、再生医療等のブレイクスルーとなった。

コア・パーツ
「角ばった球体」とも呼ばれる異次元の存在。無機物生命体等の「心」や「自我」の源とされており、おそらく漂着した惑星では、大きな進化飛躍を与えている。

AIからの恋慕
人工知能（Artificial Intelligence）は文字通り作られた知能で、少なくとも人間と同等以上の能力を持つ、いわゆる「機械の自我」で、それらが恋心を抱いてもおかしくはない。

退化現象

本書の造語に近いが、どんどん昔の状態に戻っていってしまう現象。姿なら人間はサルへ近づいていき、心の中身なら幼児・赤子へと逆行していってしまう。

ガイア理論

地球のさまざまな現象が相関（関係）しながら存在していることから、そのような存在をひとつの「巨大な生命体」とみなす理論。大気・海・大陸・天候等が相互に関係し、「地球」が営まれているため、考案された。

「プログラミング」で完ぺきな自我は作れなかった

プログラミングとはさまざまな機械へどう動けばいいか、指示書を作っていくことである。現在の0と1のビットで物事を処理するコンピュータでは、本書の世界のように「自我（人工知能）」は誕生させられなかった。そもそも人間は「自我」のありかを、まだ突き止めていない。

ドップラー効果（現象）

よく救急車が移動していくときの音の変化にたとえられるが、対象者へ近づいてくる音源の音は高くなり、離れていく音は低く変化する効果のこと。音だけではなく光にも当てはまる効果である（ただ光は速すぎるため、通常は観測できない）。

臨界（状態）
物質が臨界（限界）温度や圧力に達すること。臨界を超えると物質が大きく変化する場合もある境。化学反応でたとえれば、生成と消失とが均衡状態に、もしくは一定の割合で継続するようになること。

スカラー電磁波
仮説としての電磁波の一種とされ、進行方向の概念を持たない。具体的な実証はなく疑似科学でよく利用されるが、逆に存在の否定もされていない。特殊条件下のスカラー電磁波で不可思議現象を体験した科学者もいるらしいが真偽のほどは不明だ。

ニコラ・テスラ
異端科学者として有名だが、現代世界の電気の流通システム（交流電源）の生みの親であり、確立させた天才肌。現代でも多くの謎を残す「テスラ・コイル」など数世紀先の「科学」を見通していたと言われ、テスラの研究成果は今も検証がつづいている。

量子コンピュータ
現在のコンピュータは0と1の「ビット」で情報をあつかうが、量子コンピュータは超ミクロな素粒子レベルの世界における「状態の重ね合わせ」、つまり0か1か、もっと違うかという「キュービット」と呼ぶ、ふるまいを、うまいテクニックで活かし情報としてあつかう。

あとがき

メカに自我を超えた「愛」は芽生えるでしょうか？

メカと人間をふくむ生き物は、水と油なのでしょうか？

本書のテーマです。しかしこの物語は、メカ側に「秘密」があるため、厳密には違うかもしれません。

日本では古くから「物」にも魂が宿るとされ、親しい道具を「愛用品」とも呼びます。また、「二次元」に恋しちゃった〜〜っという方、おられるはずです。

別に人それぞれで、べっ視することではありません。筆者が考えてしまうのは、逆の方です。メカ側はどう「思う」のかなぁと。

二十一世紀も進んできましたが、まだまだ真の人工知能は「存在しません」。すべて「人工知能」モドキです。仮に、メカに自我が芽生えたとき、「よくある展開」は置いておいて、メカがメカ以外に恋慕を抱くでしょうか？

技術者とメカとの間にならば、「ご縁ができちゃった」等ありかもしれませんね。でも、よほどのことが必要になってくると思います。この本では、そんな「よほどのこと」を、お硬く言えばシミュレーションしながら冒険活劇（死語ですか？）に仕上げてみました。

え？　エラソウにぬかす、筆者はどうなのか？

どーんと来い人工知能！（ただしビースト型でお願いします）

今、画面に突然「あなたが好き！」なんて表示されたら、現代なら「ウイルス・スキャン」するのが正解ですが、いずれは本気で、うなされる場面が来るかもしれません。

もはやハイテク機器・メカの集積度は人間の脳にも匹敵しつつありますから。嗚呼32ＧＢのＵＳＢメモリにコクられたらどうしよう？128ＧＢの方が大きくていい。そんなときのマニュアルとして、本書をご活用ください（大ウソ）。

本の制作・流通・販売に関わるすべてのみなさま、大圧巻のイラストを描いてくださいましたウスダヒロさま、出版ＧＯサインのクラブハウス　河西保夫さま、そして「あ・な・た」に心から感謝いたします。

二〇一八年五月　米村　貴裕

米村貴裕（よねむら・たかひろ）
1974年、横浜生まれ。在学中に（有）イナズマを起業。近畿大学大学院にて博士（工学）号取得、大学院修了。2006年『パソコンでつくるペーパークラフト２』（紙龍）が文化庁メディア芸術祭「審査委員会推薦作品」に認定。『やさしいC++ Part2』が文化庁・メディア芸術祭にノミネート。論文誌NICOGRAPHに紙龍の研究成果が掲載される。現在(有)イナズマ取締役、大学非常勤講師。日本芸術科学会正会員、ペーパークラフトやIT事業、ビジネス・実用書からＳＦ文芸書籍までの活動を行う。
『カンタン。タノシイ。カッコイイ。小学生からのプログラミング Small Basicで遊ぼう!!』『ビースト・ゲート』（みらいパブリッシング）『パソコンでつくるペーパークラフト3』『やさしいIT講座・改訂版』『やさしいC++ Part2』（工学社）『これができたらノーベル賞』（本の泉社）ほか著書多数（62冊）

「ビーストメカニズム
── 機械獣と肉体の融合、ぼくは獣に恋をした。」

発行日　2018年8月1日 初版
著　者　米村貴裕
発行人　河西保夫
発　行　株式会社クラブハウス
〒151-0051 東京都渋谷区千駄ヶ谷3-13-20-1001
編集室：杉並区高円寺南4-19-2 クラブハウスビル
TEL 03-5411-0788(代)　FAX 050-3383-4665
http://clubhouse.sohoguild.co.jp/

カバー・本文イラスト／ウスダヒロ
印刷／シナノ印刷　装丁・本文デザイン／ Tropical Buddha Design

ISBN978-4-906496-57-0